AtV

Mit den großen Revolutionen ..., sagte Jan und überzog die Stadt mit Nebel, also einzeln, für sich, haben sie nicht funktioniert. Aber das Wichtigste ist doch, daß die besten Ideen überlebt haben ... Und so ist das auch mit den privaten Revolten. Was davon gut ist und in dir überlebt – das macht dich stärker, entschlossener. Und irgendwann merkst du plötzlich, was für dich wichtig ist und worauf du verzichten kannst, und deine ganze Wut, von der du jetzt Depressionen kriegst, die kannst du dann kanalisieren ... Man rennt nicht mehr gegen Wände, sondern sucht sozusagen die Tür.

Eine wunderbare Geschichte, voller Humor und Leichtigkeit, über die Suche nach der verschütteten revolutionären Energie, die allein die Welt verbessern kann.

EDGAR RAI, 1967 geboren, studierte Musik, verkaufte Versicherungen und arbeitete als Model für Mercedes-Benz, bei AtV erschienen seine Romane: »Ramazzotti« und »Looping« sowie »Homer für Eilige« und »Tor zum Himmel« (zusammen mit Gordan Mihic).

HANS WEINGARTNER, geboren in Österreich, studierte Neurowissenschaften an der Universität Wien und machte seinen Abschluß am Klinikum Steglitz. Während seines Studiums begann er als Kameraassistent zu arbeiten und studierte von 1997 bis 2001 an der Kölner Hochschule für Medien. Bereits sein Debütfilm »Das weiße Rauschen« (2001) mit Daniel Brühl war ein großer Erfolg bei Kritik und Publikum.

KATHARINA HELD, 1977 geboren, studierte Drehbuch an der DFFB, lebt als Drehbuchautorin in Berlin.

IN der »Barmherzigen Schwester« gab es zwei Möglichkeiten: Entweder sie machten dich zum Unterdrücker oder zum Unterdrückten. Klingt wie eine Mischung aus Kloster und Absacker-Kneipe: »Zur barmherzigen Schwester«. Ist aber ein Kinderheim. Die Hierarchie war nicht komplizierter als die eines Löwenrudels. Oben oder unten, schwarz oder weiß. Das war Jans Welt. Zwölf Jahre lang. Mit Unterbrechungen. Und irgendwie ist es heute immer noch so.

Die ersten Jahre war Jan ein Unterdrückter: Er mußte sein Kopfkissen und seine Decke hergeben, sich sein Essen wegnehmen und sein Gesicht »ditchen« lassen. So nannten sie es, wenn sie gemeinsam in ein Toilettenbecken pißten, um anschließend das Gesicht des jeweiligen Opfers hineinzudrücken. Jans Leben war das der meisten im Heim: Schikane und Demütigung. Er versuchte, unbemerkt zu bleiben, der Willkür zu entgehen, und wußte doch, daß es nur eine Frage der Zeit war, bevor er wieder an der Reihe sein würde. Spätestens im Waschraum kriegten sie einen.

Dann mußte man seinen Kopf zwischen die Beine eines anderen klemmen und sich ins Gesicht furzen lassen. Wenn man Glück hatte. »Vergasen« nannten sie das. »Ditchen« und »Vergasen« waren besonders beliebt. Dann lachten sie am lautesten. Das Unbegreifliche daran war: Die Unterdrücker waren früher selbst Unterdrückte gewesen, hatten sich »ditchen« und »vergasen« lassen und das halbe Jahr mit vor Kälte starren Fingern und an den Bauch gezogenen Knien schlafen müssen.

Simon hatte kein Glück. Bei ihm war es mit »ditchen« und »vergasen« nicht getan. Als er ins Heim kam, war er sechs. Jan war da schon acht und seit fünf Jahren in der »Barmherzigen Schwester«. Simons Geschichte unterschied sich nicht wesentlich von denen der anderen: Mutter Alkoholikerin, Vater depressiv und arbeitslos, vom Onkel mißbraucht, wahlweise auch umgekehrt oder alles auf einmal, in jedem Fall aber Menschen ausgeliefert, die mit sich selbst heillos überfordert waren und für die es keine Rückkehr mehr gab.

In Simons Fall hatte das Jugendamt zu spät eingegriffen. Richtig merkten sie erst, was los war, als er sechs wurde und seine Mutter mit ihm zum Schularzt mußte. Der stellte fest, daß Simon auf dem linken Ohr praktisch taub war und auf dem linken Auge nur noch dreißig Prozent Sehfähigkeit hatte. Sein ganzer Kopf war irgendwie schief. Das rechte Bein zog er nach. Simons Vater hatte ihn immer auf dieselbe Weise geschlagen.

Er kam zu Jan ins Zimmer. Zweiter Stock. Er schaffte es kaum die Treppen rauf. Als er seine Tasche abstellte, war er ganz außer Atem. Ein gefundenes Fressen für die Unterdrücker-Fraktion, besser gesagt: ein willkommenes Hors-d'œuvre. Simon hatte in der »Barmherzigen Schwester« keine Chance, nicht für eine Sekunde.

Ihn zu »ditchen« war ihnen nicht genug. Es war wie einen Hund zu »ditchen« – kein wirklicher Kick. Also ließen sie ihn Scheiße fressen. Kein Witz. Immer wieder. Sie dachten sich nicht mal einen eigenen Namen dafür aus, sie nannten es einfach »Scheiße fressen«.

Wie lange macht ein Mensch so etwas mit – Scheiße fressen? Simon war einiges gewohnt. Ein ganzes Jahr hielt er durch. Jan fand ihn, als er nach dem Abendessen auf sein Zimmer ging. Finden ist nicht das richtige Wort. Simon erwartete ihn. Es war ein Samstag. Simon war nicht zum Essen erschienen. Zum Nachtisch hatte es Milchreis gegeben.

Aus irgendeinem Grund öffnete Jan die Tür vorsichtiger als sonst. Er hielt die Klinke noch umklammert, da sah er bereits seinen Bettnachbarn, der ihm halb den Rücken zugewandt hatte, als sei er beleidigt. Aber Simon war nicht beleidigt, er war nie beleidigt gewesen. Niemand in der »Barmherzigen Schwester« konnte es sich leisten, beleidigt zu sein. Er lehnte an einem Pfosten seines Doppelstockbettes. Um den Hals hatte er sich einen Gürtel geschlungen, Jans Gürtel, der Boden war zwei Handbreit unter seinen Füßen. Es roch nach Scheiße. Simons letzter Gruß an seine Peiniger. Jan ließ die Klinke los und ging Schwester Anna Bescheid sagen.

Er wunderte sich darüber, wie wenig überrascht er war, wie wenig schockiert. Als hätte es irgendwann passieren *müssen*. Er spürte sogar eine gewisse Erleichterung. Der Arzt sagte später, es habe mehrere Minuten gedauert, bevor der Tod eingetreten sei. Simon hatte darum kämpfen müssen, sterben zu dürfen. Er hätte es sich anders überlegen und auf das untere Bett steigen können, mehrere Minuten hatte er die Wahl zwischen Leben und Sterben. Es wäre ganz einfach gewesen: Er hätte nur einen Fuß auf die Matratze stellen müssen. Hat er aber nicht.

Jan entschied, nicht länger als Unterdrückter leben zu können, und es gab nur eins, was er noch weniger wollte: zum Unterdrücker werden. Also suchte er nach einer dritten Möglichkeit. Er beschloß auszusteigen. Er würde allen aus dem Weg gehen. Dafür brauchte er einen Bereich, in den niemand eindringen durfte. Von jetzt an würde er sein Zimmer nur noch verlassen, wenn es unbedingt notwendig war.

Jan war geschickt. Er schliff sich in der Werkstatt ein Scherenblatt so zurecht, daß er damit die Zimmertür abschließen konnte, was eigentlich verboten war. So wurde er auf seinem Zimmer die meiste Zeit in Ruhe gelassen.

Doch es gab nicht viel zu tun – allein auf dem Zimmer. Radios waren nicht erlaubt. Jan machte Liegestütze und Klappmesser, zwei Wochen lang – und er begann zu lesen.

In Herne hatte es einen Industriellen gegeben, der nach dem Krieg zu Reichtum gekommen war, weil er früh erkannt hatte, daß der Bergbau die Zukunft der Region war und ein Bergarbeiter auf alles verzichten konnte, aber nicht auf seine Kaffeepause. Er erfand eine Thermoskanne, die den Bedürfnissen der Kumpel optimal entsprach, meldete ein Patent darauf an und scheffelte Millionen. Weil er ebenso reich wie ungebildet starb und außerdem der Überzeugung war, daß er seinen Wohlstand seinem unerschütterlichen Gottesglauben zu verdanken hatte, verfügte er in seinem Testament, daß der »Barmherzigen Schwester« nach seinem Ableben eine Bibliothek einzurichten sei.

Den Verantwortlichen war die Sache eher lästig. Eine Bibliothek machte nur Arbeit und wurde doch von niemandem genutzt. Man brachte sie schließlich in den Katakomben des Heims unter, wo die Bücher ungestört vor sich hin schimmeln konnten. Es war der einzige Ort, der in Frage kam, der groß genug war, für den es keine andere Verwendung gab und, weil zu feucht, auch nicht geben würde, es sei denn, ein anderer Industrieller verfügte, daß dem Heim ein Schwimmbad zu bauen war. Die Regale, ein Endlos-Stecksystem aus Aluminium, waren immer schwarz angelaufen vor Nässe, und die Bücher doppelt so schwer wie normal. Jeden Montag nach der

Schule leerte Jan seine Tasche aus und füllte sie mit neuen Büchern.

Er war überwältigt von dem, was er las. Die Schule war da eher ein Placebo. Sie gab einem das Gefühl, etwas zu lernen, in der Wissenswüste ein bißchen Wasser zu versprenkeln, aber die wirklich interessanten Dinge enthielt sie einem vor: Wie groß ein Regentropfen höchstens werden konnte, bevor ihn sein eigenes Gewicht in zwei Teile riß, warum man ein Klavier niemals so stimmen konnte, daß alle Intervalle »rein« klangen, wie komplexe elektronische Schaltkreise funktionierten – und daß sich hinter fast allen großen Gedanken und Ideen Menschen und Schicksale verbargen, und daß diejenigen, die etwas bewirkten, immer solche waren, die Konventionen ignorierten und ihrer eigenen Stimme folgten, die sich nicht zufriedengaben mit dem, was ihnen vorgesetzt wurde: Haydn, Darwin, Marx, Einstein.

Doch wenn er aufwachte aus diesem Universum, sein Zimmer verlassen und in die Realität hinaus mußte, war es das alte dreckige Spiel: Die Unterdrücker lauerten überall. Und spätestens im Waschraum …

Der Junge, der Jans Kopf diesmal zwischen seine Beine klemmte, um ihn zu »vergasen«, nannte sich Ringo. Von den Schwestern wurde er Martin genannt. Seinen wirklichen Namen kannte niemand. Vielleicht hatte er nie einen gehabt. Ein Müllmann hatte Ringo als Säugling aus dem Sperrmüll gezogen, weil er sich über den schreienden Fernsehkarton gewundert hatte. Das jedenfalls war die Geschichte, die man sich im Heim erzählte.

Es war nicht einfach. Jans Gebiß war noch lückenhaft, die ausgefallenen Milchzähne nicht alle nachgewachsen, aber er hatte einen kräftigen Kiefer, und sein Haß war grenzenlos. Bevor die Umstehenden realisierten, was passiert war, oder Ringo ihm den Kopf einschlagen konnte, hatte Jan ihm ein pflaumengroßes Stück aus dem Oberschenkel gebissen. Er spuckte es auf den Boden. Es lag auf den grauen Steinfliesen wie etwas, das beim Metzger versehentlich heruntergefallen war. Dann war überall Blut und Geschrei, und Ringo lag wie ein Fötus in der Dusche.

Niemand kann sich dem System verweigern, in dem er lebt. Immer wieder mußte Jan sein Refugium bis aufs Blut verteidigen, und er wurde noch jahrelang schikaniert und gedemütigt. Aber ihn zu »ditchen« oder zu »vergasen« hat nie wieder jemand gewagt.

Das mit Simon und dem Stück aus Ringos Oberschenkel liegt inzwischen fünfzehn Jahre zurück. Jan hat gelernt, sich zu verteidigen. Er hat einen Weg gefunden zu leben. Solange ihm niemand zu nahe kommt, geht es. Aber die Regeln sind dieselben geblieben – da unterscheidet sich die »Barmherzige Schwester« nicht vom Rest der Welt – und Jans Haß auch.

DIE Wucht des Aufpralls riß Jule aus dem Sitz. Ihr Auto schlingerte über die Fahrbahn. Ein silbergrauer Blitz schoß an ihr vorbei und krachte in die Leitplanken. Die Lenkung war blockiert, keine Reaktion, nichts. Jule versuchte zu bremsen. Der Wagen brach aus und zog auf die rechte Spur rüber. »I'm still alive«, dröhnte es aus den Boxen.

»FUCK!«

Jule umklammerte das Lenkrad, schloß die Augen und wartete, bis sie in die Leitplanke schlingerte. »I-I, oh-oh / I'm still alive!«

Als sie sicher war, daß sich nichts mehr bewegte, drehte sie den Zündschlüssel und fingerte auf der Ablage nach ihren Zigaretten. Sie mußte eingeschlafen sein – Sekundenschlaf. Hatte die Lautstärke aufgedreht bis zum Anschlag und war trotzdem eingeschlafen. Sie versuchte, die Eject-Taste zu drücken. Sobald sie die Augen zumachte, fing das Auto an zu kreisen. Jule unterdrückte ein Würgen. GEH SCHON AUS! Sie schlug auf das Kassettendeck ein. Endlich sprang das Tape raus. Adrenalin – ihr ganzer Körper ein einziges Zittern. Halb drei nachts, die Autobahn menschenleer. Weit und breit nur ein einziger Wagen, und den mußte sie erwischt haben.

Sie öffnete die Tür und setzte einen Fuß auf die Fahrbahn. Sie spürte den Asphalt, weil sie wußte, daß er da war. Hauptsache keine Verletzten, dachte sie, bitte laß niemanden verletzt sein! Sie ging auf der Standspur. Zwei Autos rasten an ihr vorbei, dann ein Lkw. Der Windstoß riß sie von den Füßen. Keiner hielt an.

Der silbergraue Blitz war ein nagelneuer Mercedes. Gewesen. Jetzt war da nur noch ein dampfender Schrotthaufen. Er hing in der Leitplanke, als habe er versucht, sie zu überspringen, und sei statt dessen dagegengeprallt. Bloß keine Verletzten, keine winselnden Kinder und blutüberströmten Mütter!

Jule konnte nicht erkennen, wie viele Leute im Auto saßen, das Innere des Wagens schien ausschließlich aus Airbags zu bestehen. Nicht mal den Fahrer konnte sie sehen. Erst als sie ganz dicht an die Tür herantrat, erkannte sie einen Arm, ein weißes Hemd, den Oberkörper eines Mannes sowie einen Hinterkopf, dem seit geraumer Zeit die Haare ausgingen. Sonst schien niemand im Wagen zu sein. Jule klopfte gegen die Seitenscheibe – die einzige, die nicht zerborsten war. Was Besseres fiel ihr nicht ein.

– Hallo?

Keine Regung. Wieder fuhren zwei Autos vorbei.

– Hallo! Jetzt bewegen Sie sich doch mal, verdammt!

Der Hinterkopf fing an zu zucken. Dann der Arm. Schließlich hob der Mann seinen Kopf aus dem Kissen und sah Jule durch die Scheibe hindurch an, als sei er gerade aus einem tiefen Traum erwacht. Sogar seine Brille hatte er noch auf.

Die Tür ließ sich nicht öffnen. Er mußte seine Beine am Airbag vorbeiquetschen und mühsam die Reste der Frontscheibe heraustreten. Schwerfällig kletterte er über die Haube. Aus den Falten seiner Hose regnete es Verbundglassteinchen. Mitte Fünfzig, untersetzt, teure Klamotten, dicke Uhr. Jule kam das Wort »arriviert« in den Sinn, obwohl sie nicht sicher war, was es bedeutete. Er hieß Hardenberg. Topmanager eines Textilimperiums und Multimillionär. Aber das erfuhr sie erst später.

Die Bügel seiner Brille waren verbogen. Das war alles.

Er selbst hatte nicht mal einen Kratzer abbekommen. Er ordnete seine Haare und rückte seinen Hosenbund zurecht. Dann hatte er alles unter Kontrolle.

– Ich hoffe, du bist gut versichert, sagte er.

– Das hoffe ich auch, antwortete Jule und dachte an die unbezahlten Rechnungen, die sich seit Monaten auf dem Fensterbrett in der Küche stapelten.

Jule war nicht gut versichert. Eigentlich war sie gar nicht versichert. Die Colonia hatte ihr schon vor Wochen ein Schreiben geschickt, in dem stand, daß der Versicherungsschutz für ihr Auto erst mit Zahlung der offenen Rechnungsbeträge wieder in Kraft treten würde. Der Brief lag ungeöffnet zwischen den anderen. Außerdem war der TÜV ihres Autos seit einem halben Jahr abgelaufen. Ein Umstand, der Jule gelegentlich zu Bewußtsein gekommen war, den sie aber jedes Mal sofort wieder verdrängt und unter »später« abgelegt hatte.

Die Colonia dachte nicht daran, den Schaden zu bezahlen, und es war schnell klar, daß sie dazu auch nicht verpflichtet war. Inklusive der Anwaltskosten belief sich die Summe am Ende auf 96 426,37 Euro, zahlbar in monatlichen Raten à fünfhundert. Zinslos. Hardenbergs Anwalt hatte in diese Bitte eingewilligt, nachdem der Richter es ein »Gebot der Menschlichkeit« genannt hatte.

SIE gingen nach Berlin, Peter und Jan. In ein besetztes Haus. Peter vögelte sich als erstes durch die komplette weibliche Hausbesetzer-Szene. Wenn er auf einer dieser illegalen Partys auflegte, kam er selten allein zurück.

– Du bist doch überhaupt nur DJ geworden, damit du besser Frauen abschleppen kannst, sagte Jan.

Für Peter war das ein Kompliment.

– Was willst du? Es hat funktioniert, hey!

Nach einem Jahr hatte sich allerdings Desillusion breitgemacht. Und nicht nur, was die Frauen betraf.

– Dieses Scheißgekiffe geht mir auf die Nerven, sagte Peter, aber passieren tut gar nichts. Und die Frauen nerven auch irgendwie ab …

Das war neu für Jan.

– Wieso – was ist mit den Frauen? fragte er.

– Ich weiß auch nicht … Ich will mal was Gepflegtes, mit Stil.

Sieh mal an, dachte Jan, was Gepflegtes, mit Stil.

Als dann noch Peters Plattensammlung verschwand, sein größter Schatz, in jahrelanger Arbeit aufgebaut, hatte er endgültig die Schnauze voll. Na, wenigstens hörn sie jetzt anständige Musik, dachte er, aber ich bin hier raus. Addios.

Auf die Sache mit dem besetzten Haus war Jan gekommen. Durch ihn war Peter zum ersten Mal bewußt geworden, daß man die Welt auch politisch begreifen konnte, daß alles, was man machte und wer man war, im Kontext des Systems zu sehen war, in dem man lebte, und daß das System, in dem sie lebten, beschissen und unmoralisch war und die, die es steuerten, ein perverser Auswuchs dieses Systems waren, echte Arschlöcher eben.

Peter fand, daß es Jan mit der Moral von Zeit zu Zeit übertrieb – vor allem mit seiner eigenen –, aber er hatte ganz klar recht, und es gab einem Auftrieb und ein gutes Gefühl, wenn man etwas gegen das Establishment tat. Es verlieh so einer Aktion wie »in einem besetzten Haus wohnen« Sinn und machte einen zu etwas, das – na ja – Bedeutung hatte. Und wenn man dann auch noch umsonst wohnen konnte ...

– Und? Was machste jetzt damit? fragte Peter.

Jans »Zeugnis der Allgemeinen Hochschulreife« lag wie ein toter Fisch zwischen ihnen auf dem Küchentisch. Er war noch ein letztes Mal nach Herne zurückgefahren, um es abzuholen – in das besetzte Haus konnte man sich nichts schicken lassen.

– Willst du jetzt BWL studieren, oder Jura, oder Zahnmedizin – und den Rest deines Lebens anderen Leuten im Mund rumfummeln? fragte Peter.

– Du hast echt ein Problem mit deinem Realschulabschluß, antwortete Jan. Mußt du mal dran arbeiten.

– Stimmt, hey – ich fühl mich sooo minderwertig.

Peter machte eine Geste, als wolle er mit seiner Schwanzgröße angeben.

– Ich weiß noch nicht, was ich mache, sagte Jan. Ich hab die letzten zehn Jahre gelesen. Vielleicht sollte ich zur Abwechslung mal was mit meinen Händen machen.

Jan bewarb sich um eine Lehre als Koch. Im »Katzinger«. Sonst nirgends.

– Bewirb dich doch gleich als Bundeskanzler, sagte Peter.

– Nur, wenn sie mich im »Katzinger« nicht nehmen.

– Daß ausgerechnet *du* die Bonzen bekochen willst.

Den Gedanken hatte Jan auch schon gehabt. Aber so einfach war es nicht. Über Michael Katz, der das »Katzinger« aufgemacht hatte, war viel geredet worden. Einer, der sagte, daß es ihm nicht ums Geld ging, und dem man das auch abnahm. Koch aus Leidenschaft. Bei einem anderen wollte Jan nicht lernen.

– Dem geht's nicht ums Geld, sagte Jan.

– Ärmer macht ihn sein Laden garantiert nicht. Wir könnten uns da nicht mal 'ne Suppe leisten.

– Wahrscheinlich klappt es sowieso nicht.

Katz lud ihn zu einem Vorstellungsgespräch. 15 Uhr. Das Restaurant war noch geschlossen. Jan mußte gegen die Tür klopfen. Von hinten kam ein Mann in Weiß durch den Raum. Er war schlank und jung, Anfang Vierzig vielleicht. Sein Kochkittel sah an ihm wie eine Uniform aus.

– Das ist meine liebste Zeit, sagte Katz, nachdem sie sich im Zwielicht des unbeleuchteten Gastraums an einen der dunklen Tische gesetzt hatten. Wenn ich das Essen für den Abend vorbereite. Diese Ruhe!

Er breitete die Arme aus und sog die Luft ein.

– Herrlich!

Er erzählte davon, wo er überall gekocht, was er schon alles gegessen hatte und was am Abend auf der Karte stehen würde. Jan saß einfach nur da und wartete darauf, etwas gefragt zu werden. Schließlich sagte Katz:

– Ich hatte noch nie jemanden mit einem Einser-Abitur als Geselle.

– Ich kann nichts dafür, daß ich in der Schule gut war, sagte Jan.

Das schien Katz zu amüsieren.

– Wenn ich mein Abitur mit einer Eins vor und einer Null hinter dem Komma gemacht hätte, wäre ich kein Koch geworden.

– Dann seien Sie doch froh, daß Ihres nicht so gut war.

Katz sah ihn an. Zum ersten Mal schien er sich für Jan zu interessieren.

– Warte mal.

Er stand auf und ging in die Küche. Kurz darauf kam er mit drei Schälchen zurück, in denen verschiedenfarbige Pulver waren.

– Was ist das? fragte er und schob das erste Schälchen über den Tisch. Jan roch daran.

– Keine Ahnung, sagte er.

– Kardamom. Jetzt das hier.

Das zweite Pulver war heller, nicht so intensiv, edel. Mit Stil, wie Peter gesagt hätte.

– Keine Ahnung.

– Safran. Versuch es hiermit.

Er schob Jan die dritte Schale hin. Erdig, herb, grün – es paßte überhaupt nicht zu den anderen.

– Keine Ahnung, sagte er.

– Oregano.

Katz sah zerknirscht aus.

– Weißt du, wie lange ein Schweinefilet brät?

– Nein.

– Worauf man bei einer Crème brûlée achten muß?

Jan schüttelte den Kopf.

Katz seufzte wie auf einer Bühne. Vor lauter Verzweiflung erhob er sich, ging hinter die Bar und goß sich einen Grappa ein.

– Auch einen? fragte er.

– Lieber nicht, antwortete Jan.

Katz trank den Grappa und schloß die Augen. Es dauerte ungefähr eine halbe Minute. Jan begriff, daß es diesem Mann unmöglich war, etwas zu sich zu nehmen, ohne es zu genießen.

– Warum um alles in der Welt willst du Koch werden? fragte er schließlich.

– Ich hab die letzten achtzehn Jahre schlecht gegessen, antwortete Jan.

Es war Sonntag, und es hatte den ganzen Tag keine Sekunde lang *nicht* geregnet. Für Jule würde es die vierte Nacht in Folge ohne Schlaf werden. Seit dem Unfall mit Hardenberg mußte sie mit dem Fahrrad ins »Case« fahren. Und heute auch noch im Regen.

Nach dem Unfall hatte Jule als erstes ihr Jurastudium geschmissen. Mit Anwälten und Richtern wollte sie nie wieder etwas zu tun haben. Hätten sie es nicht schon lange vorher getan, dann hätten Jules Eltern ihr spätestens jetzt jede finanzielle Unterstützung gestrichen.

Sie kam zu spät. Der Geschäftsführer begrüßte sie mit den Worten:

– Jetzt spuck mal die Schlaftablette aus!

Das konnte doch nicht wahr sein. Das konnte doch einfach NICHT WAHR SEIN! Sah so jetzt ihr Leben aus? War sie jetzt für den Rest ihres Lebens solchen Typen ausgeliefert – kleinen Möchtegern-Hardenbergs, die sich nach oben schleimten, nur damit sie nach unten treten konnten?

Das »Case« war die größte Disco in Bielefeld. An diesem Abend würden zwei DJs aus Berlin auflegen. Jule sah sie auf den Parkplatz einbiegen. Sie hatten einen klapprigen VW-Bus, dessen Innenleben im wesentlichen aus Zigarettenschachteln, leeren Safttüten und zerknüllten Zeitungen bestand, hasteten mit ihren Plattenkisten durch den Regen, daß das Wasser unter ihren Füßen aufspritzte, und lachten dabei. Jule gab ihnen zwei Handtücher, um sich die Haare zu trocknen.

Einer war groß, selbstsicher und voller Energie. Er hatte etwas Verwegenes, die Wangenknochen vielleicht – und dieser Blick ... Einer, bei dem es einem nichts ausmachte, daß er schon Dutzende Frauen auf dieselbe Weise angequatscht hatte. Er lächelte, als er auf die »Kanzel« ging, und während er auflegte, sah er immer wieder zu Jule rüber – ohne daß sein Gesicht dabei irgendeine innere Regung verraten hätte. Er sah einfach nur saucool aus.

Die beiden DJs wechselten sich ab. Als der große seine erste Pause hatte, kam er an die Bar. Er ging direkt auf Jule zu, als hätte er eine alte Rechnung mit ihr offen, und noch bevor er etwas bei ihr bestellte, sagte er:

– Was ist passiert?

Als würden sie sich seit Jahren kennen.

Jule war zu perplex, um etwas zu antworten. Außerdem war ihre Stimmung wirklich unrettbar im Keller.

– Hab ich die falsche Musik aufgelegt?

– Nein, sagte Jule. Die Musik ist cool ...

– Was ist es dann?

Jule rang sich ein Lächeln ab.

– Verdirb dir nicht die Laune, sagte sie. Willst du was trinken?

– Klar, hey.

Die Stimmung war mittelmäßig, die Tanzfläche höchstens zur Hälfte gefüllt. In der nächsten Pause stand er wieder vor ihr.

– Ziemlich öder Laden, hey – euer »Case«.

– Ist nicht mein Laden, antwortete Jule. Ich arbeite hier nur.

– Und? fragte er, wieviel verdienst du so in dem Laden, der nicht deiner ist?

– Sechsfünfzig die Stunde.

– Kein Wunder, daß du so seltsam drauf bist.

Jule war verwirrt. Es stand ihm nicht zu, solche Bemerkungen zu machen. Aber irgendwie nahm sie es ihm nicht übel. Das schien seine Masche zu sein: Er wußte, daß er einer war, dem man nichts übelnahm, und er kokettierte damit. Das war nicht wahnsinnig originell, aber es machte Spaß. Und es funktionierte.

– Plus Trinkgeld? fragte er.

– Plus Trinkgeld, bestätigte Jule.

Er drehte seine Bierflasche zwischen den Fingern.

– Und? Wieviel machst du so?

Jule reichte Drinks über die Theke.

– Ungefähr fünfundzwanzig.

Er trank sein Bier aus und legte seine Hände so auf die Theke, daß sich seine Daumen berührten. Es waren schöne Hände, schlank, aber trotzdem stark.

– Macht dreißig Euro, überlegte er laut. Ist doch ein fairer Kurs.

Jule suchte nach Ironie in seinem Gesicht, aber da war keine.

– Am Abend. Nicht in der Stunde.

– Machst du Witze, hey? ’ne Frau wie du, und kriegt nicht mehr als fünfundzwanzig Euro Trinkgeld am Abend?

– Manchmal sind’s dreißig.

– Manchmal sind’s dreißig, wiederholte Peter. Hab’s ja gleich gesagt: Is’n mieser Laden hier.

Er machte ihr Komplimente im Vorbeigehen, wie jemand, der unbemerkt ein Geschenk hinterläßt. Sie mochte das.

– Verdienst *du* denn mehr? fragte sie.

Er zögerte.

– Gibst du mir noch ein Bier?

Jule reichte ihm eins über die Theke.

– Also? fragte sie.

– Hm?

– Du hast mir nicht geantwortet.

– Was war die Frage?

– Ob du mehr verdienst, wenn du auflegst.

Er trank in einem Zug die halbe Flasche aus. »Durstig« war das Wort, das ihn am besten beschrieb, dachte Jule. Das machte sie immer: sich für Menschen Worte ausdenken.

In seinen Augen blitzte es. Daß es nicht gut lief an diesem Abend, der Funke nicht richtig überspringen wollte, schien ihm egal zu sein. Er legte seine Musik auf. Wenn die anderen nicht darauf standen, hatten sie eben den falschen Geschmack.

Er war nervös. Seine Hände verrieten es. Vielleicht ihretwegen. Vielleicht war er auch einfach immer nervös.

– Magst du deinen Job? fragte er. Ich meine, findest du ihn richtig geil?

– Jetzt machst *du* Witze.

– Siehst du: Das ist der Unterschied.

Beim nächsten Mal bestellte er kein Bier, sondern zwei Gin Tonic. Offenbar aber hatte er jemand anderen gefunden, mit dem er reden wollte. Jule unterdrückte ihre Enttäuschung und lächelte mühsam, als sie die Gläser vor ihm abstellte. Sie wandte sich ab.

– Was is'n jetzt? hörte sie seine Stimme.

Sie drehte sich um.

– Ich dachte, wir trinken die zusammen.

Sie stießen an.

– Wie heißt du eigentlich? fragte Jule.

– Peter.

– Nicht DJ Pi.Ti., oder so was?

– Das ist doch Kinderkacke, dieser DJ-Mikemaster-Scheiß. Das fand ich schon mit vierzehn affig. Ich heiße Peter – von mir aus auch DJ Peter. Und du?

– Jule.

– Jule, wiederholte er. Und, Jule? Was machst du so?

Jule erzählte ihm von ihrem Jurastudium, daß sie es geschmissen hatte – jedenfalls fürs erste – und nichts von dem Unfall mit Hardenberg, und daß sie außerdem …

– Außerdem …, wiederholte Peter.

– Außerdem arbeite ich bei ATTAC und Amnesty.

Peter sah aus, als warte er auf eine Pointe.

– Ich organisiere da Demos mit, Unterschriftenaktionen … So was halt … Du weißt, was das ist – Amnesty International?

– Klar, hey.

Peter guckte unverändert.

– Find ich eben wichtig – daß man sich engagiert, sagte Jule und ärgerte sich, daß es wie eine Rechtfertigung klang.

– Verstehe.

Schweigen.

– Kannst ruhig sagen, wenn du das blöd findest, sagte Jule.

– Ich find's nicht blöd, sagte Peter.

– Nee?

– Nee. Ich find's gut.

– Ehrlich?

– Klar. Is wichtig, daß man sich engagiert, daß man was ändern will.

Das hätte Jule nicht erwartet. Peter wirkte wie einer, der sich vor allem in eigener Sache engagiert. Er wippte mit dem Kopf im Takt der Musik, als wollte er sagen: Tja, das ist mein Schicksal – ich werde ständig unterschätzt.

Tatsächlich sagte er:

– Du hängst gerade ganz schön durch, was?

Jule mußte lachen.

– Ich hab dich gewarnt, sagte sie. Laß dir nicht die Laune verderben.

Sie war verlegen. Zum Glück gab es hinter der Theke immer was zu tun. Peter ließ seinen Blick abwesend durchs »Case« schweifen.

– Ich hab mir was überlegt, sagte er schließlich.

– Und was?

– Du solltest nach Berlin kommen.

– Ja, klar.

– Im Ernst! ... Zwanzig Euro Trinkgeld am Abend ...

Er schüttelte ungläubig den Kopf.

– Und wo soll ich einen Job hernehmen?

– 'ne Frau wie du? Willst du mich verarschen? Such dir einen aus!

Zum Schluß küßte er sie zweimal auf die Wange, das zweite Mal ziemlich nah am Mund.

Dann ging er.

Als Jule ihn drei Tage später anrief, erinnerte er sich erst nicht, wer sie war, aber dann sagte er:

– Klar, hey – komm nach Berlin. Wird 'n Fest!

PETER hatte endgültig genug von der Hausbesetzer-Szene. Unter Solidarität hatte er sich ganz klar etwas anderes vorgestellt. Jan war dagegen, ausgerechnet jetzt »aufzugeben« – wo der Konflikt zwischen Innensenat und Besetzern in die heiße Phase ging. Trotzdem war er merkwürdig berührt, als Peter völlig selbstverständlich sagte:

– Ich muß *uns* mal was Neues suchen.

– Wir können uns doch jetzt nicht einfach hier rausziehen – wo sie angedroht haben, zu räumen.

– Du willst es mal wieder nicht wahrhaben, Jan: Wir sitzen auf einem sinkenden Schiff. Die Ratten hauen ab, und sie nehmen mit, was sie kriegen können. Nur du mußt unbedingt den Kapitän spielen.

Jan mochte es sich nicht eingestehen, aber insgeheim hoffte er darauf, daß sie das Haus räumen würden – auch wenn er darum kämpfte. Märtyrer wurden nicht groß durch die Sache, für die sie kämpften, sondern durch die Aussichtslosigkeit ihres Kampfes. Märtyrer sein hieß unterliegen.

Außerdem gab es auch noch etwas anderes, das Jan das Leben im besetzten Haus zur Qual machte: Er sagte es niemandem, nicht mal Peter, aber besonders nachts hatte er Schwindelanfälle. Oft mußte er sich beim Gehen an der Wand abstützen und immer häufiger auch übergeben. Manchmal schoben sich die Wände zusammen, und er kauerte auf dem Boden und rang nach Luft.

Es gab kein Refugium mehr, keiner respektierte, daß er einen eigenen Bereich haben mußte, in den niemand eindringen durfte. Nach einer Party standen manchmal mitten in der Nacht plötzlich Leute vor ihm und fragten nach Bier, oder er wachte auf, weil jemand im Zimmer seinen Schlafsack ausgerollt hatte. So konnte er nicht leben.

Jan ging die letzte Station zu Fuß. Die Straße war abgesperrt und der Bus umgeleitet worden. Laue Luft, Lichter, die sich in der bewegungslosen Spree spiegelten, eine Fledermaus, die in Achten um eine Laterne flog – eine von diesen Nächten, in denen man von wärmender Melancholie durchströmt wird.

Er schwang sich den Rucksack über die Schulter, spürte das Gewicht. Lauter Delikatessen. Jan konnte sich, wenn die Küche schloß, »Reste« aus dem »Katzinger« mitnehmen. Gleich würde er Peter und sich eine Entenbrust braten – dazu eine noch fast volle Flasche Sancerre, die ein Gast aus unerfindlichem Grund hatte zurückgehen lassen. Danach würde Peter losgehen und im »Hive« auflegen. Das war die schönste Zeit des Tages – wenn Jan aus dem »Katzinger« kam und sich und manchmal auch Peter noch etwas zu essen machte.

Das Haus war von einer Kette von Grünweißen hermetisch abgeriegelt. Vierzig Besetzern standen ungefähr zweihundert Bullen inklusive Wasserwerfer gegenüber. Jan rannte blindlings auf einen Polizistentroß los. Bis zum Haus kam er gar nicht erst durch. Er schrie und schlug um sich, dann drückten sie ihm das Gesicht in den noch warmen Asphalt, bis seine Wange am Teer klebte. Ihm blieb die Luft weg, weil sich einhundert Kilo Knie zwischen seine Schulterblätter bohrten und jemand seine Arme auf dem Rücken verknotete. Bevor die Räumung begann, war sie für Jan bereits vorbei.

Er mußte eine Aussage machen (»Fickt euch ins

Knie«), verbrachte eine Nacht in einer Zelle und durfte sich am nächsten Tag die Sachen aus seinem Zimmer aushändigen lassen. Ob sie Peter kassiert hatten, wußte er nicht. Auf der Wache war auch von Verletzten gesprochen worden.

Peter stand mit seinem VW-Bus in zweiter Spur vor der Polizeiwache und parkte einen Streifenwagen zu. Die neue »Monster Magnet« drang aus den geöffneten Fenstern. Er hatte die Füße auf dem Armaturenbrett abgelegt, kaute ein Croissant und sah ausgesprochen zufrieden aus.

Jan öffnete verwundert die Beifahrertür.

– Was machst *du* denn hier?

– Dich abholen.

Jan stieg ein.

– Sie haben dich nicht gekriegt?

– So einen Scheiß tu ich mir nicht an, sagte Peter. Hier.

Er reichte Jan einen Becher Kaffee und eine Tüte mit einem Croissant, grüßte einen vorübergehenden Polizisten, als sei er ein alter Kollege, und fuhr los. Jan besah sich den Becher.

– »Starbucks« ist 'ne ganz miese Kette, sagte er. Die sollte man nicht unterstützen.

– Ich weiß, Mann. Aber wenn du die Bedienung gesehen hättest ... Da brauchst du keinen Zucker mehr.

Jan kaute sein Croissant und schaute aus dem Fenster. Einen Freund wie Peter zu haben – viel mehr konnte man sich nicht wünschen. Höchstens noch, eine Freundin zu haben. Aber das war ein leidiges Thema: Über Frauen nachzudenken hatte bei Jan noch nie etwas gebracht.

– Wo fahren wir überhaupt hin? fragte er.

– Ich zeig dir unser neues Zuhause.

Jan hörte auf zu kauen.

– Ich hab doch gesagt, ich besorg uns was Neues.

Zwei Zimmer, Küche, Bad, Balkon. Mit Kühlschrank und Zentralheizung.

– Wie bist du denn so schnell an eine Wohnung gekommen?

– Connections, sagte Peter nur.

– Und wovon sollen wir die Miete zahlen?

– Keine Sorge – ich schaff uns schon genug Geld ran. Kümmer du dich ums Essen.

– Ist das dein Ernst?

– Klar. Ich hab 'nen neuen Job – 'nen Tagesjob.

– Davon weiß ich ja gar nichts.

Ein Bekannter hatte Peter einen Job in der Sicherheitsfirma seines Onkels besorgt: Alarmanlagen installieren und warten. Peter verdiente an jeder Wartung und Installation, aber das eigentliche Geld kam durch den Verkauf der Anlagen. Sein Bekannter hatte es so gedreht, daß zehn Prozent bei ihnen hängenblieben.

– Das Beste daran ist: Je teurer die Anlage, um so sicherer fühlt sich der Kunde, sagte Peter. Denen kann es gar nicht genug kosten.

Sie saßen auf dem Boden, aßen gebratene Flugentenbrust mit Pinienkernen in Weißweinsauce und tranken Sancerre aus Pappbechern.

– Wieso hast du mir nichts davon gesagt? fragte Jan.

– Weil ich dachte, du kriegst bestimmt das Kotzen, wenn ich dir erzähle, daß ich jetzt die Villen von reichen Säcken sicher mache.

– Und warum erzählst du es mir jetzt?

– Weil jemand, der im »Katzinger« arbeitet, bestimmt froh ist, wenn seine Gäste sich zu Hause sicher fühlen.

– Arschloch.

– Mach dich locker, Jan. Sieh's doch mal so: Die zahlen unsere Miete.

– Und unser Essen, ergänzte Jan.

Sie stießen mit ihren Pappbechern an.

– Wohnung, Job ... Wo nimmst du nur die ganzen Leute her? fragte Jan.

– Keine Ahnung – irgendwo. Wieso fragst'n das?

– *Ich* kenn nur dich.

Peter stürzte den Inhalt des Bechers herunter. Katz wäre vom Zusehen schlecht geworden.

– Du bist ja auch 'ne Schildkröte, die in ihrem Panzer hockt und vergessen hat, wo man den Kopf rausstreckt.

– Wie prosaisch du sein kannst, sagte Jan.

– Wenn ich mal wüßte, was das ist – prosaisch.

ICH dachte, meinen Job als Möbelpacker wär ich los, sagte Peter, als er Jule zwischen all den Umzugskartons in ihrer Wohnung stehen sah.

– Tut mir leid, sagte Jule. Bin halt ein Krebs.

– …?

– Mein Sternzeichen – Krebs.

– Und was heißt das?

– Ich kann schlecht loslassen.

Peter hielt inne.

– Und das liegt an deinem Sternzeichen?

Jule zog entschuldigend die Schultern hoch.

– Muß man auch erst mal drauf kommen, sagte Peter.

Jule glaubte, einen Moment des Zweifelns in seinem Gesicht zu sehen, aber er war gleich wieder verflogen. Er stellte den Karton ab, den er gerade angehoben hatte, ging zu ihr und küßte sie, als wolle er damit Fakten schaffen. Alles, was Jule tun konnte, war, sich gehen zu lassen.

– Hast du eigentlich das Bett schon auseinandergebaut? fragte er.

Innerhalb von vier Wochen nach ihrem Anruf hatte Peter ihr eine Zweizimmerwohnung in Friedrichshain besorgt, 250 Euro, warm. So etwas gab es nicht mal in Bielefeld. Es war spätnachts, als sie in Berlin ankamen. Der VW-Bus war so vollgepackt, daß Peter nicht wagte, schneller als achtzig zu fahren. Sieben Stunden auf der Autobahn. Und Jule genoß jeden Augenblick. Sie fühlte, wie der Abstand zu ihrem alten Leben von Minute zu Minute größer wurde und der zu ihrem neuen geringer.

Peter schloß die Wohnungstür auf. Von irgendwoher flackerte schwaches Licht in den Flur: grün, rot, blau, grün, rot ... Es kam aus der Küche. Auf dem Boden stand eine Plastikstatue der heiligen Maria mit einem Lichterkranz, der abwechselnd in verschiedenen Farben leuchtete. Im Kreis um die Figur stand mit schwarzem Edding »Willkommen in Berlin« und »Praise the Lord« auf dem Boden. Nichts zu essen, nichts zu trinken, kein Klopapier, aber eine blinkende Madonna. Wie sollte sich Jule nicht in Peter verlieben? Praise the Lord!

– Laß uns als erstes die Matratze hochholen, sagte Jule.

Die ersten Wochen waren einfach phantastisch. Gut, zugegeben: Wenn man richtig aufeinander steht, sind die ersten Wochen immer toll. Wahrscheinlich hat die Natur das so eingerichtet, weil man sonst später keine gemeinsamen Krisen bewältigen kann. Toll ist es trotzdem.

Peter nahm Jule in die Clubs mit, in denen er auflegte. Endlich schmeckte die Luft nach Großstadt und nicht mehr nach Provinz. Er kannte jede Menge Leute, die alle ihren festen Platz im Nachtleben hatten, und ohne daß sie irgend etwas dafür getan hätte, gehörte Jule plötzlich dazu, war akzeptiert. Vielleicht sogar um so mehr, als ihr dieses ganze Geszene eher fremd war. Die anderen merkten, daß es ihr nicht darum ging, dazuzugehören, daß ihr andere Dinge wichtiger waren. Es interessierte sie nicht, ob man sie für angesagt hielt oder nicht, und das machte sie auf gewisse Weise auch interessant.

Von Peter hatte sie an solchen Abenden nicht viel. Meist war er umlagert – in der Regel von Frauen, die Jule stutenbissige Seitenblicke zuwarfen. Jule ignorierte die Blicke, so gut es ging, saß an der Bar und ließ sich im

Strom der Musik treiben. Sie haßte Konkurrenzkämpfe, für so etwas war sie einfach nicht gemacht.

Richtig froh war sie trotzdem selten. »Unlocker« hatte Jan, Peters Freund und Mitbewohner, sie genannt, »überschattet«, irgendwie »dauerbelastet«. Das hatte Peter ihr erzählt. Dieser Jan war echt merkwürdig drauf: Wenn einer unlocker war, dann doch er.

Aber eigentlich hatte er ja recht: Sie hatte nicht die geringste Ahnung, wie ihr Leben weitergehen sollte. Diese beschissenen Raten für Hardenberg, die sie Monat für Monat abdrücken mußte, was mit ihrem Studium werden sollte, wußte sie auch nicht, und manchmal hatte sie das elende Gefühl, das Rennen verloren zu haben, bevor überhaupt der Startschuß gefallen war. Es kam ihr so sinnlos vor, vergebens – wie ihr alles vergebens vorkam im Moment.

Ihr Engagement für ATTAC brachte sie auch nicht weiter. Klar war es richtig – die Demos und Protestaktionen. Keiner will es hören, aber Fakt ist: Ein Scheiß-Nike-Turnschuh kostet fünf Euro in der Herstellung und 120 im Verkauf. Zieht's euch rein! Fünf Euro! Bei 2000 Prozent Gewinnspanne kann man doch wohl erwarten, daß die Kinder, die die Dinger zusammennähen, wenigstens nicht mehr als acht Stunden arbeiten müssen. Und alle sitzen auf ihren Ärschen und finden es ja soo traurig: die armen Kinder! Aber kaufen tun sie die Schuhe trotzdem. Und keiner kriegt den Arsch hoch, um irgend etwas dagegen zu tun.

Neulich war einer aus ihrer Aktionsgruppe festgenommen worden, weil er bei einer Anti-Sweatshop-Demo bei »Foot Locker« reingegangen war, die Kunden angesprochen und Flugblätter im Laden verteilt hatte. Danach mußte erstmal wieder stundenlang diskutiert werden, ob es »okay« von ihm gewesen war, einfach ohne Absprache in den Laden zu gehen. Wenn Jule ehrlich war, rieben sie diese Pseudodiskussionen nur noch mehr auf, statt sie zu befriedigen.

Peter besorgte ihr einen Job als Kellnerin im »Villa Torre«, einem Nobelrestaurant am Gendarmenmarkt. Das war einerseits gut, andererseits zum Kotzen. Der Chef war ein schmieriger Grapscher, und die Gäste pinkelten sich vor Schreck in die Hosen, sobald jemand auch nur hustete. Jule fühlte sich richtig schmutzig, wenn sie nach Hause kam. Schlimmer noch als die Arbeit selbst aber war das deprimierende Alltagsgefühl, das mit dem Job zurückkehrte. Dabei hatte Jule immer davon geträumt, frei zu leben, selbstbestimmt und unangepaßt.

Natürlich hatte der Job auch sein Gutes: Jule bekam viermal soviel Trinkgeld wie im »Case«, konnte regelmäßig ihre Raten zurückzahlen und fand sogar noch Zeit, sich ein paar Gedanken über ihre Zukunft zu machen. Sie schrieb sich an der Uni für Kunstgeschichte und Soziologie ein, hörte sich, wenn auch nur halbherzig, die Vorlesungen an und machte sogar ein paar Scheine. Aber ihren Frust änderte das nicht.

Ihr Leben höhlte sie aus, am liebsten hätte sie ganze Tage durchgeschlafen. Die nächtlichen Streifzüge mit Peter wurden ihr zu anstrengend, und – auch wenn sie ihm das nicht sagte – ein bißchen langweilten sie Jule sogar. Hatte man erst einmal hinter ihre Fassaden geblickt, wurden die Könige der Nacht schnell zu Karikaturen ihrer selbst. Zu größeren geistigen Anstrengungen als ein paar Sätzen Small talk waren die wenigsten in der Lage.

Oft klinkte sich Jule früh aus oder ging gar nicht erst

mit. Peter sagte nichts dazu, aber an der Art, wie er sie nicht ansah, wenn sie sich voneinander verabschiedeten, spürte sie deutlich, daß er keine Freundin wollte, die diese Art zu leben nicht toll fand. Immer häufiger ließ er offen, ob er noch zu ihr kommen oder zu Hause schlafen würde.

Manchmal kam er um vier oder fünf, und sie hatten Sex, was an sich ganz schön war – Sex mit Peter war fast immer guter Sex. In letzter Zeit allerdings fühlte es sich ... mechanisch an, irgendwie an der Sache vorbei, und zwei- oder dreimal stellte Jule einfach nur ihren Körper bereit. Meistens aber hatten sie gar keinen Sex mehr, und sie merkte nur noch, wie er neben ihr ins Bett fiel. Oft kam er gar nicht. Dann lag Jule stundenlang wach und fragte sich, ob etwas nicht in Ordnung war, ob sie ihn verärgert hatte, wieso sie die Distanz zu ihm nicht überbrücken konnte.

Sie warf sich ihr Mißtrauen vor, aber wenn Peter nicht kam und sie wach in ihrem Bett lag, obwohl sie vor Müdigkeit nicht mal mehr ins Bad gehen konnte, dann fragte sie sich, ob er wirklich zu Hause war, oder ob es ihn nicht ins Bett einer anderen gezogen hatte. Manchmal war sie kurz davor, ihn anzurufen. Nachts um vier. Aber sie wußte, es würde in jedem Fall wie ein Kontrollanruf klingen – wäre es ja auch –, und welches Eingeständnis mangelnden Vertrauens könnte kleinmütiger sein?

Jule fand Peters ständige Flirterei mit anderen Frauen oft genug schon grenzwertig, wenn sie dabei war. Wie es war, wenn sie nicht dabei war, wollte sie sich gar nicht vorstellen. Und tat es natürlich doch.

In Peters Wohnung gingen sie praktisch nie. Einerseits, das mußte Jule zugeben, lag es an ihr. Sie war nicht gerne in seiner Wohnung. Erstens herrschte dort ein infernalisches Chaos, und zweitens war ihr Peters Mitbewohner nicht geheuer, Jan, der fand, sie sei »überschattet«. Aber es lag auch an Peter, der sie nie fragte – als ob er ihr diesen Teil seines Leben vorenthalten wollte.

Trotzdem war sie ihm dankbar. Er hatte so viel für sie getan. Und auch, wenn er mit anderen Frauen flirtete und die ganze Zeit auf »easy come, easy go« machte: Er war verläßlich. Er würde Jule jederzeit und bis aufs Messer verteidigen.

Andererseits war es kein gutes Gefühl – eine Beziehung auf Dankbarkeit aufzubauen –, und manchmal zweifelte Jule daran, ob sie »Liebe« und »Dankbarkeit« noch auseinanderhalten konnte.

Wenn sie ganz ehrlich war, dann hatte sie von Anfang an das Gefühl, in ihrer Beziehung mit Peter etwas hinterherzulaufen. Etwas, von dem sie nicht wußte, was es war. Geborgenheit oder Vertrauen oder vielleicht auch nur der Wunsch nach Sicherheit, den man sich so schwer eingesteht. Wahrscheinlich eine Mischung als allem.

Peters Unverbindlichkeit machte sie unglücklich. Es war nicht einfach mit ihr, das wußte sie. Sie öffnete sich anderen Menschen nicht so ohne weiteres. Aber egal, was sie auch versuchte – über einen gewissen Punkt kam sie mit Peter nicht hinaus. Nie hatte sie das Gefühl, richtig zu ihm zu gehören.

Peter hingegen schien das nicht zu stören. Er verstand gar nicht, wo das Problem sein sollte.

– Hey, ist doch alles cool, sagte er nur, wenn sie ihn darauf ansprach.

In solchen Momenten erschien ihr die Beziehung mit Peter wie ein riesiges Pendel, das langsam ausschwang, stehenblieb und dann zurückkam. Ihre Ansprüche und seine Erwartungen konnten einfach nicht auf Dauer nebeneinander existieren. Jule sah das Ende kommen, konnte aber nichts dagegen tun.

JAN versuchte, runterzukommen, seine Mitte zu finden. Am besten half da Kochen. Zum Glück hatte er alle Zutaten für ein Pesto da. Peter war mal wieder nicht da. In letzter Zeit begegneten sie sich nur noch zufällig. Entweder er war bei Jule, oder unterwegs.

Die Bewegung des Löffels zu verfolgen hatte etwas Meditatives. Jan spürte, wie die Zutaten, mit dem Öl verrührt, langsam die perfekte Konsistenz annahmen – genau zwischen flüssig und fest. Aber seine Wut blieb.

Er drehte den Verschluß der Ölflasche zu, als er das Geräusch eines Schlüssels in der Tür hörte. Peter war bester Laune. Aus dem Flur summte eine Melodie in die Küche. Das bedeutete, Peter hatte gerade Sex gehabt. Und im Zweifel nicht mit Jule. Wenn er Sex hatte, war er danach voller Musik. Eigentlich ging es Jan nichts an, aber heute ertrug er Peters gute Laune nicht.

– Wozu hast du eigentlich 'ne Freundin, wenn du sie doch andauernd betrügst.

Peter lehnte im Türrahmen.

– Was ist *dir* denn passiert?

– Nichts. Ich frage mich nur, warum du lieber mit anderen Frauen ins Bett gehst als mit deiner Freundin.

– Hm. Bisher hast du dich das noch nicht gefragt.

Sie schauten sich einen Moment an, dann mußten sie beide lachen. Das war wirklich zu albern. Was sollte das? Wollte Jan ihm eine Szene machen?

– Oh Mann, sorry. Ich ... vergiß es. Willst du mit essen?

– Was gibt's denn?

– Ich hab rotes Pesto gemacht.
– Keine Reste aus dem »Katzinger« heute?
– Ich arbeite nicht mehr im »Katzinger«.
Peter holte sich ein Bier aus dem Kühlschrank und ließ sich auf einen Stuhl fallen.
– Willst du mir nicht endlich sagen, was passiert ist?

Passiert war folgendes: Um kurz nach halb neun, inmitten der größten Hektik und dreißig gleichzeitig einlaufenden Bestellungen, betrat ein Mann die Küche, der aussah wie ein Schauspieler, der im nächsten Moment »Ihr seid alle gefeuert!« ruft. Er schien den ganzen Raum einzunehmen. Jan blickte von seiner Pfanne auf.
– Wo ist Katz?
Jan überlegte noch, ob ihm diese Showeinlage eine Antwort wert war, da flog die Tür auf, Katz kam herein und machte eine Antwort überflüssig. Jan wandte sich wieder seiner Pfanne zu.
Der Mann, dessen Bauch über seinen Hosenbund schwappte, sprach in einem Ton mühsam unterdrückter Erregung – eine seltsame Mischung aus »das ist ein Befehl« und »die wollen mich umbringen«. Jan hatte das deutliche Gefühl, daß ihm hinter seiner Großmaul-Fassade der Arsch auf Grundeis ging. Offensichtlich ging es um den Tisch, den man ihm zugewiesen hatte.
– Ich hatte doch wohl unmißverständlich klargemacht, tönte er, daß ich heute ein paar *außerordentlich wichtige* Geschäftsfreunde dabeihaben würde. Wie können Sie da eine Horde blökender Schafe am Nachbartisch plazieren? An meinem Tisch sitzen Bausenator Döring und Justus Hardenberg, falls Ihnen das etwas sagt.
Jan hatte keine Ahnung, wer der Gast war, und das spielte auch keine Rolle. So durfte sich im »Katzinger«

niemand aufführen. Er hielt seinen Löffel starr über der Pfanne und wartete darauf, daß Katz den Gast in die Schranken weisen würde. Aber statt ihn zurechtzuweisen, geschah etwas sehr Merkwürdiges: Katz wurde plötzlich ganz klein, er implodierte förmlich.

– Es tut mir sehr leid, sagte Katz. Das ist eine Geburtstagsgesellschaft. Die Tische sind bereits seit Wochen reserviert …

– Es ist mir gleichgültig, was für eine Gesellschaft das ist. Sehen Sie zu, daß die da verschwinden.

– Ich bin sicher, ich kann einen anderen Tisch für Sie organisieren, wenn Ihnen …

– Ganz sicher nicht! Nicht *wir* werden den Tisch wechseln, sondern diese »Gesellschaft«.

– Aber das sind zwölf Leute, ich kann doch nicht …

– Es ist mir gleich, wie viele es sind!

Mit Katz und dem Gast waren insgesamt sechs Personen in der Küche. Trotzdem herrschte in diesem Moment absolute Stille. Sogar die Saucen hörten auf zu kochen.

– Ist gut, sagte Katz. Ich kümmere mich darum.

Jan beobachtete das Szenario von der Küchentür aus: An Tisch Nummer sieben, vorne links, saßen drei von Zigarrendunst umwaberte Mittfünfziger, die jeweils eine Hand auf die Tischplatte gelegt hatten. Daneben, an den zusammengestellten Tischen neun, elf und dreizehn, saß die Geburtstagsgesellschaft. Friedliche Menschen, die sich angeregt unterhielten. Zwischendurch lachte mal einer.

Katz veranstaltete einen riesigen Aufriß. Um die Geburtstagsgesellschaft in den anderen Restaurantteil umzusiedeln, wurden zwei weitere Parteien aufgefordert, ihre Tische zu räumen und an den wieder auseinandergerückten Tischen elf und dreizehn Platz zu nehmen.

Tisch neun blieb unbesetzt – Katz stellte zur Sicherheit ein Reserviert-Schild auf. Während der gesamten Aktion redete er in devoter Haltung auf seine Gäste ein – nur seine Hände redeten noch mehr als er. Abschließend brachte er es auch noch fertig, sich bei Bausenator Döring, Wenn-Ihnen-das-etwas-sagt-Hardenberg und Wo-ist-der-Chef-Blasebalg für die Unannehmlichkeiten zu entschuldigen. Nach zehn Minuten hatte Jan allen Respekt, den er bis dahin vor Katz gehabt hatte, verloren.

Katz hatte Schweißperlen auf der Stirn, als er in die Küche kam. Er versuchte sich nichts anmerken zu lassen.

– Was war das denn? fragte Jan.

– Den zu verärgern kann ich mir einfach nicht leisten, sagte Katz.

Jan legte das Messer, mit dem er gerade das Rinderfilet für Döring oder Hardenberg oder Wo-ist-der-Chef aufschnitt, aus der Hand.

– Ich dachte, einer der Grundsätze im »Katzinger« sei, alle Gäste mit dem gleichen Respekt zu behandeln, sagte er.

– Manche sind eben gleicher als andere.

– Und? Was hast du dann gemacht? fragte Peter.

– Ich hab das Filetiermesser in den Block gerammt und ihm meine Mütze vor die Füße geschmissen.

Jan ging zur Spüle und füllte heißes Wasser in einen Topf. Wie immer, wenn man den Hahn zu schnell aufdrehte, sprang die Sicherung des Durchlauferhitzers raus. Jan nahm das Gehäuse ab und drückte sie wieder rein. Eine Kleinigkeit. Anschließend klemmte er die Abdekkung wieder auf den Durchlauferhitzer. Langsam füllte sich der Topf mit Wasser, zentimeterweise arbeitete es sich die Topfwand empor.

Jan hatte immer gedacht, es gebe Ausnahmen im System, und Katz sei so eine Ausnahme. Aber das System duldete keine Abweichler. Sobald etwas auf dem Spiel stand, der Preis hoch genug war, wurden sie alle zu einem kleinen, funktionierenden Rädchen im Getriebe.

Plötzlich sagte er:

– Diese Alarmanlagen, die du bei den Arschlöchern einbaust, damit sie vor Leuten wie uns sicher sind ... Was sind das eigentlich für Anlagen?

Peter legte den Kopf schief und betrachtete nachdenklich seinen Freund. Jan zu folgen war oft nicht ganz einfach, bei dem ging gerne mal etwas durcheinander, aber heute war es besonders schwierig.

– Keine Ahnung – ganz normale Alarmanlagen halt. Am liebsten »NEUSS SS 747«. Ist ’ne gute Anlage. Arbeitet zuverlässig, sieht gut aus, so modernes Design – der Porsche unter den Alarmanlagen – und kostet ein Scheißgeld.

– Und wie funktioniert die?

– Modular: Bewegungsmelder, Geräuschmelder – ist beliebig erweiterbar. Willst du nicht mal das Wasser abdrehen?

Der Topf war übergelaufen. Jan drehte den Hahn ab.

– Und wie entschärft man die?

– Zahlencode.

– Wie viele Zahlen?

– Vier. Du nervst langsam. Wozu willst ’n das alles wissen?

Jan stellte den Topf auf die Herdplatte.

– Kannst du nicht mal die Bedienungsanleitung von so einer Anlage mitbringen?

– Ich kann dir sogar den Bauplan mitbringen, wenn du willst.

Jan war sicher, daß eine Alarmanlage, die nach einer Mischung aus Flugzeug und Waffen-SS benannt war, irgendwo eine Sicherheitslücke aufweisen mußte. Und es dauerte keine zwei Tage, bis er sie ausfindig gemacht hatte. Tatsächlich war die Schwachstelle des Systems so offensichtlich, daß Jan, nachdem er sie einmal entdeckt hatte, gar nicht glauben konnte, daß er dafür zwei Tage gebraucht hatte.

Es war so: Ohne den entsprechenden Zahlencode ließ sich die Anlage von außen nicht überwinden. Es gab keine Möglichkeit, die Tastatur zu entfernen und irgendwo ein Gerät anzuklemmen, das innerhalb von 3,749 Sekunden die richtige Kombination ausspuckte, wie es so gerne in Actionfilmen gezeigt wird. Sobald das Netzwerk aus Meldern und Steuerung an irgendeiner Stelle unterbrochen oder verändert wurde, löste das System sofort Alarm aus.

Um den Alarm zu unterbrechen oder abzustellen, mußte entweder der Eigentümer oder ein Security Agent (SA – Jan stellte sich den Chef von NEUSS Elektronik inzwischen als pomadegescheitelten Choleriker mit Hitlerbart vor) den Steuerungskasten aufschließen und auf einem weiteren, im Kasten befindlichen Tastenfeld die Master-Pin (MP) eingeben, einen achtstelligen Zahlencode, der per Zufallsgenerator für jede Anlage einzeln vergeben, vorinstalliert und dem Kunden separat zugestellt wurde. Daraufhin rief das Security Office beim Eigentümer an, und die Person am anderen Ende der Leitung mußte mit einem im Security Office hinterlegten Paßwort das Abstellen der Anlage bestätigen, die anschließend wieder freigegeben wurde.

Aber, und jetzt kommt's: Die Meldung an das Security Office sowie der Anruf erfolgten nur, wenn vorher ein Alarm ausgelöst worden war. Wurde der Steuerungskasten jedoch geöffnet und die Master-Pin eingegeben, ohne daß zuvor ein Alarm ausgelöst worden war …

– Ich hab nachgedacht, sagte Jan.

– Mal was Neues, meinte Peter grinsend. Und?

– Es muß einen effektiveren Weg geben, gegen das Establishment zu arbeiten, als sich aus besetzten Häusern räumen zu lassen oder Transparente zu schwenken.

– Und?

– Ich hab ihn gefunden.

Peter schwieg. Was kam denn jetzt?

– Diese Alarmanlagen, die du so gerne installierst, du weißt schon – Naziboing –, die werden doch deak…

– Nicht schon wieder, rief Peter.

Jan ließ sich nicht aus der Ruhe bringen.

– … werden deaktiviert, indem man innerhalb von fünfundvierzig Sekunden, nachdem ein Bewegungs- oder Geräuschmelder Alarm auslöst, eine vierstellige Zahlenkombination eingibt und die Eingabe bestätigt.

– Jan! Ich installiere die Dinger. Wozu erzählst du mir das?

– Jetzt warte doch mal: Das ganze System abschalten kann man, indem man den Schaltkasten öffnet und auf dem darin befindlichen Tastaturfeld die Master-Pin eingibt.

Peter atmete hörbar aus.

– Müssen wir jetzt beim Essen jedesmal über meine Arbeit reden?

– Bleib doch mal bei der Sache, sagte Jan.

– Wenn vorher kein Alarm ausgelöst wurde – ja.

– Bleib sitzen. Bin gleich zurück.

Peter hatte das Gefühl, als ob eine Welle von hinten auf ihn zurollte. Irgendwie weiß man, daß sie kommt, ohne sich umzudrehen. Jan kam mit einem Stab aus Plastik und

Metall zurück, aus dem an der Vorderseite eine Bohrspitze ragte.

– Was is ’n das? fragte Peter. Willst du mir neue Zahnfüllungen machen?

– Das ist eine Sperrpistole, klärte Jan ihn auf. Damit öffnen Schlüsseldienste Schlösser. Für das Schloß der Steuereinheit von Naziboing brauchst du damit zwei Sekunden. Ich hab’s ausprobiert.

– Und dann? fragte Peter. Hast du die Steuereinheit auf. Bringt dir gar nichts. Ist wie in ’nem Auto zu sitzen und keinen Zündschlüssel zu haben.

– Es sei denn, du kennst die MP.

Peter wurde nervös. Dieses Gespräch lief in eine Richtung, die ihm nicht gefiel.

– Nur mal theoretisch, sagte Jan. Wenn du innerhalb von fünfundvierzig Sekunden nach Signalmeldung die Steuereinheit öffnest und die MP eingibst, dann hast du das ganze System lahmgelegt. Korrekt?

– Schon. Aber die MP …

– … ist auf einem Server abgelegt, der sie dir nur per Sprachgenerationssoftware ins Ohr flüstert, wenn du dich nach einem ausgelösten Alarm mit deinem eigenen Sicherheitscode per Telefon einwählst und anschließend dein Paßwort aufsprichst.

– Kann sein, sagte Peter.

– Is so. Also …

– Also?

– Also muß man die MP des Gerätes vorher kennen.

Jan spürte lauter kleine Energiemännchen in sich zusammenströmen – wie Zuschauer im Olympia-Stadion, bevor die Stones ihr zwanzigstes letztes Konzert geben. Schließlich war es die Bestätigung dessen, was er die ganze Zeit schon vermutet hatte: Das System zu bekämpfen war zwecklos. Man mußte es aushebeln! Und genau das würden sie tun.

– Du hast was übersehen, sagte Peter. Erstens: Wie willst du an die MPs kommen, und zweitens: Die MP kann vom Kunden geändert werden. Ist allerdings ...

– Ich weiß, unterbrach ihn Jan. Ist ein Riesenaufwand.

– Wenn du das alles schon weißt ...

– Mal realistisch: Wie viele Leute machen sich die Mühe und personalisieren ihre MP?

Peter dachte nach.

– Realistisch? fragte er.

– Genau. Das heißt, wie viele von euren Kunden ma...

– Ich weiß, was realistisch heißt, knurrte Peter.

– Also?

Peter zögerte mit der Antwort. Es kam ihm vor, als solle er sich schuldig bekennen.

– Keiner, gab er schließlich zu. Aber wie gesagt – selbst wenn: Die hausvergebenen MPs werden in einem eigenen Intranet verwaltet, und da hat so gut wie niemand Zugriff drauf.

– Wer?

– Die Zentrale in Stuttgart und die Chefs der drei Generalvertretungen – schätze ich.

– Mit anderen Worten: dein Chef?

Peter zündete sich eine Zigarette an.

– Sag mal, Jan, spinnst du jetzt, oder was, sagte er, während er gleichzeitig den Rauch ausblies.

Jan war ausschließlich auf sein Ziel fixiert.

– Ja oder nein?

– Ja. Aber das geht nur von seinem Rechner aus, und nur, wenn du weißt, wo sie sind, und nur, tatatataaa! – er machte eine ausladende Geste –, wenn du sein Paßwort hast.

– Hast du den Schlüssel für die Firma?

– Kann ich übers Lager rein.

– Das Büro von deinem Chef?

– Hör auf, Jan, was soll das?

– Das Büro von deinem Chef, wiederholte Jan.

– Ist nicht abgeschlossen, soweit ich weiß.

Jan ging wortlos aus der Küche, um kurz darauf wieder hereinzukommen. Er hielt einen schwarzen Plastikknopf in der Hand.

– Weißt du, was das ist? fragte er Peter und hielt ihn hoch.

– Klar – 'ne Mini-Cam.

– Glaubst du, die könnte man im Büro deines Chefs so plazieren, daß er sie nicht sieht, aber sie ihn?

Peter zog noch mal an seiner Zigarette. Jan fand, es sah nach Kapitulation aus.

– Klar. Könnte man. Aber wozu?

Sie brauchten fünf Minuten, um mit dem Paßwort die Listen sämtlicher MPs und der dazugehörigen Registriernummern zu erhalten, und weitere zehn Minuten, um anhand der Registriernummern die entsprechenden Kunden und deren Adressen zu ermitteln – alle Kunden, die NEUSS Berlin jemals damit beauftragt hatten, ihnen eine SS 747 zu installieren. Ein kleines Telefonbuch.

JAN hatte Pasta gemacht. Seit er nicht mehr im »Katzinger« arbeitete, gab es ziemlich oft Pasta. Er meditierte über den Listen mit den Namen, während Peter die Spaghetti auf seiner Gabel zu einer Art Kabeltrommel aufrollte.

– Suchst du nach einer geheimen Botschaft? fragte Peter mit vollem Mund.

– Hier, sagte Jan und tippte mit dem Finger immer wieder auf dieselbe Stelle – Söller. Den nehmen wir als ersten.

– Wer ist denn Söller?

– Söller ist der Typ, dem die Stadt das besetzte Haus für den symbolischen Betrag von einem Euro überlassen hat – nachdem sie es vorher für ihn geräumt hat. Todsicher hat er Döring dafür den Arsch vergoldet.

– Und wer bitte ist Döring?

– Bausenator. Raucht Zigarre und ißt gerne Rinderfilet. Ungestört. Wenn du dich erinnerst.

Peter erinnerte sich, aber er verstand gar nichts mehr.

– Und was heißt, »den nehmen wir als erstes«?

Jan sah seinen Freund an und lächelte – lächelte und wartete.

– Jan, jetzt spucks endlich aus, sagte Peter. Worauf soll das denn alles rauslaufen?

– Wir werden Einbrecher, sagte Jan.

Peter fingerte sich eine Zigarette aus der Packung.

– Du meinst, wir sollen den Schweinen die Villen ausräumen?

Jetzt nahm sich auch Jan eine Zigarette.

– Gib mal Feuer, sagte er und sog den Rauch in die

Lungen. Ich hab nicht gesagt, daß wir Diebe werden … Ich hab gesagt, wir werden Einbrecher.

Die Idee war: Sie klauten nichts. Niemand sollte sich damit beruhigen können, Opfer eines ganz gewöhnlichen Diebstahls geworden zu sein. Die Verunsicherung, meinte Jan, sei viel größer, wenn kein finanzieller Schaden entstand.

– Außerdem ist es unmoralisch, sagte er und ignorierte, daß Peter mit den Augen rollte.

Sie würden nur die Einrichtung umstellen – Schuhe in die Tiefkühltruhe, Fernseher in die Badewanne, Schachfiguren in die Cognacschwenker – und einen Briefumschlag mit einer Nachricht hinterlassen:

DIE FETTEN JAHRE SIND VORBEI
DIE ERZIEHUNGSBERECHTIGTEN

– Und? fragte Peter. Was soll das? Meinste, damit erreichst du irgendwas?

– Du mußt sie da packen, wo sie am verwundbarsten sind: bei ihrem Gewissen. Denn irgendwo, ganz tief drin, da wissen sie, daß sie alles, was sie besitzen, gestohlen haben, daß am anderen Ende der Welt Menschen sitzen, die dafür hungern müssen, daß sie im Überfluß leben. Also: müssen wir sie erziehen – sonst macht es ja keiner.

SÖLLERS Villa war ein Kinderspiel. Menschen wie er ließen sich von ihren Nachbarn ungern in den Garten schauen. Das hieß: Wer einmal über die Mauer war, konnte sich völlig unbeobachtet fühlen. Jan hatte alles akribisch vorbereitet. Er war so straight an die Sache rangegangen, daß sich bei Peter die letzten Zweifel, ob Jan es wirklich ernst meinte, innerhalb kürzester Zeit verflüchtigten.

Jan montierte hinter das VW-Zeichen an Peters Bus eine Infrarotkamera, dunkelte den Laderaum ab, damit niemand hineinsehen konnte, und stellte den Überwachungsmonitor ans Fußende der Matratze, die hinten über der Motorabdeckung lag. So konnte er die ganze Nacht lang lesen und gleichzeitig ein Haus überwachen.

Nach zwei Tagen war Jan sicher, daß Söller und seine Familie im Urlaub waren. Von einem Hoteltelefon aus rief er in Söllers Büro an, erkundigte sich, wann er ihn wieder erreichen könne, und besorgte auf dem Flohmarkt einen Glasschneider mit Heber, ein Nachtsichtgerät, Handschuhe und Stabtaschenlampen. Er fand heraus, daß es zwei Außenkameras gab, die den Eingang und die Zufahrt zur Garage überwachten, und daß man von der Rückseite problemlos auf das Grundstück gelangen konnte.

Sie wählten das Küchenfenster über der Spüle. Jan konnte sich nicht erinnern, jemals in seinem Leben so nervös gewesen zu sein. Und es wurde nicht besser dadurch, daß Peter neben ihm vor Aufregung keuchte wie ein Asthmatiker.

– Und du bist sicher, daß es funktioniert? fragte Peter.
– Ich denke, du installierst die Dinger!
– Scheiße, dafür gehen wir in den Knast, Mann.

Die fünfundvierzig Sekunden, die sie zur Verfügung hatten, nachdem sie eingestiegen waren, genügten problemlos. Und das, obwohl Jan so zittrig war, daß er erst beim dritten Anlauf die Sperrpistole an der richtigen Stelle ansetzte. Als er die Anlage deaktiviert hatte, waren noch siebzehn Sekunden auf der Uhr. Fast eine Enttäuschung.

– Ich glaub's nicht, sagte Peter.
– Auf deine Arbeit ist eben Verlaß.
– Es hat tatsächlich funktioniert!

Peter schüttelte ungläubig den Kopf.
– Ich geh mal den Schampus suchen, sagte er.

Sie feierten den ersten gelungenen Einbruch wie eine gewonnene Fußball-WM. Ihre Euphorie war grenzenlos. Bald »knackten« sie fast jede Woche eine Villa. Nach Söller folgten von Meißing, Trabenau, Riefers, Kohlhaas, Neuhaus, Kobauer, Mayer, Krempen, Altmann, von Nieding, Kober. Sie sprühten Orchideen mit Parfum ein, ließen Zinnsoldaten ihre Schlachten im Aquarium austragen, betteten Beethoven-Büsten auf Handtüchern in Saunen und stellten den Ofen auf hundert Grad. Und jedes Mal hinterließen sie irgendwo ihre Nachricht.

Sie waren cool, sie waren euphorisiert, sie hatten endlich das Gefühl, das Richtige zu tun und dem System einen Tritt zu versetzen, der saß und so schnell nicht vergessen wurde. Das brachte die Ärsche der Reichen in Bewegung, das regte die, die sonst frustriert durch ihr Leben schlichen und die Matrix nicht sahen, auf und zeigte ihnen, daß die vermeintlichen Gesetzmäßigkeiten ihres Lebens nicht ewig Gültigkeit hatten.

Wie weit ihre Macht reichte, begriffen sie erst, als sie über sich in der Zeitung lasen. Und selbst dann nicht richtig.

– Die meinen uns! rief Peter erstaunt.

Sie schafften es sogar bis in die Fernsehnachrichten. Der Sprecher konnte sich ein Grinsen nicht verkneifen, als er die Nachricht verlas, daß sich in Berlin die Reichen der Nation in ihren eigenen Wänden nicht mehr sicher fühlten, sich aber damit trösten konnten, daß die »Eindringlinge« offenbar nicht an ihrem Geld interessiert waren.

Nach ein paar Wochen war die Information, daß es immer Villen mit derselben Alarmanlage waren, in die eingebrochen wurde, durchgesickert. Der Umsatz ging sprunghaft zurück. In der Firma wurde es langsam gefährlich für Peter. Alle suchten nach der Sicherheitslücke. Er mußte dringend den Job loswerden. Aber konnte er einfach so kündigen, oder machte er sich dadurch verdächtig? Zum Glück kamen sie ihm zuvor. Es tat seinem Chef wirklich leid, aber seit dieser »blöden Geschichte« gab es einfach nicht mehr genug zu tun. Peter konnte die Erleichterung über seine Kündigung kaum verbergen.

Er nahm seinen alten Job als Möbelpacker wieder auf. Dorthin konnte er immer zurück. Es zeigte sich, daß seine Entlassung gerade rechtzeitig kam. In der Firma rauchten die Köpfe. Jan hatte recht gehabt: Daß nichts gestohlen wurde, machte sie nervös. Jede neue Zeitungsmeldung klang bedrohlicher als die vorangegangene. Wer sind die? Niemand konnte sicher sein. Wie absurd: Solche Angst davor zu haben, nicht bestohlen zu werden.

DAS Pendel ihrer Beziehung trat seinen Rückweg an, als Jule unangemeldet und in Tränen aufgelöst bei Peter aufkreuzte, um ihm zu sagen, daß sie gefeuert worden war. Schon der überraschte Blick, als er ihr die Tür öffnete, hätte sie aus der Haut fahren lassen können – wenn sie nicht so verdammt deprimiert gewesen wäre.

– Willst du mich hier stehenlassen, fragte sie, oder darf ich reinkommen?

– Nee. Klar. Komm rein. Was ist denn?

Peter stand im Flur wie ein Fragezeichen. Wenn er eine Wohnung besorgen oder eine Party organisieren sollte – da war er ganz groß. In Gefühlsdingen aber war er schnell überfordert. Trotzdem fand Jule bei ihm immer wieder zu ihrem Mut zurück. Keine Ahnung, wie er das machte, aber er drehte sich einmal um sich selbst, machte ein Gesicht wie ein Tütenkasper, und das Leben hatte wieder einen Sinn. Deshalb war sie bei ihm. Auch jetzt.

Ihr schmieriger Chef (»Für die anderen Herr Schneider, für dich Herrmann.«) hatte Jule, als gerade etwas weniger zu tun war, nach hinten geschickt, damit sie sich ihre Haare zurechtmachte, und sie fünf Minuten später in der Küche mit Paolo, dem Barmann, erwischt, rauchend. Paolo war derjenige, der Jule das Arbeiten im »Villa Torre« erträglich gemacht hatte. Immer hatte er ein Augenzwinkern oder ein Kompliment für sie und versprühte auch bei Streß noch gute Laune. Schneider hatte Paolo schon zweimal verwarnt: Was das Rauchen in der Küche betraf, duldete er keine Ausnahmen. Das war er seinen Gästen schuldig.

Die Wahrheit war: Schneider konnte Paolo und seine gute Laune nicht ausstehen. Er hatte ihn vom ersten Tag an nicht leiden können. Und ihn in der Küche mit einer Zigarette zu erwischen, war die perfekte Gelegenheit, ihn abzuschießen.

– Ich hab dich gewarnt, sagte Schneider. Pack dein Zeug, du kannst gehen. Und vergiß nicht, deine Schürze hierzulassen.

Jule versuchte, Schneider umzustimmen. Paolo hatte zwei Kinder, er brauchte seinen Job genauso dringend wie Jule ihren.

– Das können Sie doch nicht machen, flehte sie Schneider an.

Sie hatte ein schlechtes Gewissen – das mit dem Rauchen war ihre Idee gewesen. *Sie* war zu Paolo in die Küche gegangen und hatte ihn angestiftet: »Los, komm. Wir rauchen eine.« Paolo hatte zuerst sogar noch abgelehnt.

Schneider wandte ihr den Kopf zu.

– Ach nein? fragte er.

Sie sah die Genugtuung hinter seinen Augen und begriff, daß es ihm scheißegal war, wer hier wen angestiftet hatte, daß ihm jeder Vorwand recht war, Paolo feuern zu können.

Jule hatte zwei Möglichkeiten: Arschkriechen oder die Wahrheit sagen.

Sie sind doch bloß eifersüchtig, schrie sie ihn verbittert an.

Schneider verlor die Kontrolle über sein Gesicht, und zum Vorschein kam ein wütender kleiner Bengel, der die Wahrheit nicht ertragen konnte.

– Du kannst deine Schürze zu Paolos dazulegen, und dann raus, sagte er.

Jetzt stand Jule heulend vor Peter.

– Scheiße, warum kann ich bloß mein Maul nicht halten?

Wenn es etwas gab, auf das sie im Moment überhaupt nicht verzichten konnte, dann war das ihr Job. Die Raten für Hardenberg mußten bezahlt werden, und seit sie den Kühlschrank und die Waschmaschine gekauft hatte, war sie auch mit der Miete ständig im Rückstand. Das Geld reichte gerade so.

– Mach dir nichts draus – war sowieso 'n Scheißladen, kommentierte Peter die Sache.

Es sollte witzig rüberkommen, aber Jule fing wieder an zu weinen. Und das war der Moment, in dem das Pendel ihrer Beziehung zurückschwang.

– Mach dir nichts draus! schrie Jule ihn an. Mann, Peter, du kannst doch nicht immer so tun, als wäre alles kein Problem!

Sie reagierte überzogen, Peter war völlig verdattert. Sie merkte es, aber es war ihr egal.

– Ich kann nicht mal diese beschissenen Raten zurückzahlen!

Sie war außer sich, doch Peter lächelte nur verschmitzt und sagte:

– Trifft sich eigentlich ganz gut, daß du deinen Job los bist.

Jule traute ihren Ohren nicht.

– Was?!

Er nahm sie an der Hand, führte sie in sein Zimmer und schloß die Tür.

– Überraschung, sagte er und zog sie zu sich heran.

Typisch: Jule hatte einen Sack voll Probleme, und Peter wollte mit ihr ins Bett gehen.

– Mensch, Peter! Kannst du nicht mal an was anderes denken? Ich hab da jetzt *echt* keinen Nerv für!

– Nicht, was du denkst, sagte Peter und ließ sie los.

Noch immer hatte er dieses Grinsen im Gesicht. Er merkte genau, wie der Ärger in ihr hochkochte – und kostete es auch noch aus. Hinter ihm an der Tür hing seine Jacke. Er zog zwei Couverts aus der Innentasche.

– Ich werde nicht raten, sagte Jule wütend.

– Okay, okay. Also: Das hier sind zwei Flugtickets. Nach Barcelona. Für mich – er streckte ihr ein Couvert entgegen – und für dich. Das andere kam hinterher.

– Sie haben dich eingeladen? fragte Jule ungläubig.

Seit Wochen hoffte Peter darauf, zum DJ-Open nach Barcelona eingeladen zu werden. Das Festival war eines der begehrtesten DJ-Events.

– Inklusive Hotel, mitten in der Stadt! Alles schon bezahlt! Drei Tage!

Jule wollte sich gerne für ihn freuen, wirklich. Aber irgendwie ging es nicht.

– Freust du dich gar nicht? fragte Peter.

– Doch, schon. Ehrlich. Aber verstehst du nicht, Peter: Ich brauch einen Job, unbedingt!

– Jetzt entspann dich mal, hey. Der findet sich schon. Laß uns erst mal nach Barcelona und drei Tage Party machen und am Strand abhängen. Danach geht's dir besser. Und das Frühstück lassen wir uns aufs Zimmer kommen.

Er küßte sie.

– Okay? fragte er.

Jule versuchte zu lächeln. Er küßte sie noch einmal.

– Okay?

Er schob ihr T-Shirt hoch, küßte ihre Brüste, ließ sich an ihr hinabgleiten und küßte ihren Bauch, während eine Hand sich auf ihren Hintern legte und die andere ihre Hose aufknöpfte.

Jule nahm zärtlich seinen Kopf zwischen ihre Hände und zog ihn sanft nach oben. Er hatte mal wieder dieses Leuchten in den Augen.

– Okay, sagte sie und schubste ihn aufs Bett.

Mit Peter zu schlafen war einfach das beste Mittel, alles andere für den Augenblick zu vergessen.

Der Hammer kam drei Tage bevor sie nach Barcelona fliegen wollten. Der Anwalt der Hauseigentümerin stand plötzlich vor der Tür, um Jule davon in Kenntnis zu setzen, daß die Zeit in ihrer Wohnung vorbei war.

– Unserer Räumungsklage aufgrund ausstehender Mietzahlungen ist stattgegeben worden. Sie ziehen bis zum Dreißigsten dieses Monats aus und übergeben die Wohnung in einem ordnungsgemäßen Zustand, oder Sie sehen von ihrer Kaution keinen Cent.

– Aber ich hab die Miete doch bezahlt, schrie Jule den Anwalt an.

– Ja, aber sechs Monate zu spät. Und die letzte Monatsmiete steht noch aus.

Offenbar hatte Jule die Mahnungen und Zahlungsaufforderungen zu lange ignoriert. Sie warf einen Blick auf das Fensterbrett in der Küche und die ungeöffneten Briefe, die sich dort wieder mal stapelten.

Bis zum Dreißigsten des Monats hieß: Jule blieb eine Woche, die Wohnung zu renovieren und eine neue zu finden – und das ausgerechnet jetzt, wo sie mit Peter nach Barcelona fahren wollte.

Für Peter war das Festival eine Chance, sich als DJ einen Namen zu machen. Seit Wochen durchstreifte er die einschlägigen Plattenläden, weil er in Barcelona auf keinen Fall »abgewetztes Zeug« auflegen wollte. Irgendwie hatte sie darauf gehofft, daß in Barcelona zwischen

Peter und ihr etwas Entscheidendes passieren würde – so oder so.

Und jetzt das!

Peter stand in der Tür und sah sie an, als wolle er sagen: »nicht schon wieder!« Jule nahm sich vor, diesmal auf keinen Fall zu weinen. Sie erklärte Peter so nüchtern wie möglich, was passiert war.

– Fakt ist, sagte sie zum Schluß, zum Monatsende muß ich raus sein, sonst kann ich meine Kaution vergessen.

Peter machte eine Bewegung, wie um lästige Fliegen zu verscheuchen.

– Du kannst ja erst mal zu uns ziehen, sagte er.

Jule war perplex. An diese Möglichkeit hatte sie noch gar nicht gedacht. Erst nahm Peter sie nie mit in seine WG, und dann sollte sie gleich bei ihnen einziehen?

– Du kannst doch nicht immer für alles gleich eine Lösung haben, nörgelte sie.

– Hey, ist doch alles cool, beschwichtigte Peter. Die paar Möbel kriegen wir schon unter, und die … fünf Tage, die wir noch haben, reichen, um alles einmal zu streichen.

– Und was ist mit Barcelona?

Peter versuchte, unbekümmert auszusehen. Genausogut hätte er versuchen können, drei Arme zu haben.

– Steht nächstes Jahr auch noch, sagte er.

– Kommt nicht in Frage, protestierte Jule. Das ist eine Riesenchance für dich!

Manchmal holte er sie echt von den Füßen. So schwierig es mit ihm sein mochte – er hatte ein verdammt großes Herz. Er wünschte sich nichts sehnlicher, als nach Barcelona zu fliegen, es stand ihm quer über das Gesicht geschrieben.

– Du *mußt* fliegen, sagte Jule. Ich bestehe drauf. Du denkst doch an nichts anderes mehr.

– Und die Wohnung?

– Werd ich schon irgendwie hinkriegen. Sie schluckte innerlich bei der Vorstellung. Meinst du, wir können, bevor du fliegst, noch meine Möbel herbringen?

– Klar.

– Peter?

– Hm?

– Danke.

Peter machte eine wegwerfende Handbewegung – nicht der Rede wert. Die Geste rührte Jule so sehr, daß sie doch fast noch anfing zu weinen. Die meisten Menschen, die sie kennengelernt hatte, sagten »nicht der Rede wert« und meinten »dafür hab ich einen gut bei dir«, oder »vergiß bloß nicht, was ich hier für ein Opfer bringe«. Für Peter war es tatsächlich nicht der Rede wert.

Als Jule allein war, begannen die Zweifel an ihr zu nagen. Einen schlechteren Zeitpunkt, mit Peter zusammenzuziehen, hätte sie sich nicht vorstellen können. Ihre Beziehung knirschte ohnehin schon, da war es sicher keine gute Idee, auch noch den gemeinsamen Alltag bewältigen zu müssen. Die drei Tage in Barcelona hätten sie von ihrem Ballast befreien sollen, jetzt waren sie eine Atempause, in der jeder für sich überlegen konnte, wie es mit ihnen weitergehen sollte.

Außerdem war da noch Jan: Den konnte sie wirklich überhaupt nicht einschätzen. Manchmal hatte der eine Wut im Bauch, die sich förmlich in der ganzen Wohnung verteilte. Nicht, daß Jule ihn nicht mochte, irgendwie war er schon nett. Manchmal, wenn er lächelte oder fragte, ob sie auch etwas essen wolle, war das, als hätte jemand Feuer im Kamin gemacht. Dann aber war er wieder total aggressiv. Bei dem Gedanken, mit ihm in einer Wohnung zu sein, fühlte sich Jule einfach unwohl.

Einmal hatte sie sich sein Zimmer angesehen, obwohl Peter ihr gesagt hatte, daß Jan, was sein Zimmer betraf, sehr eigen war und sehr wütend werden konnte, wenn jemand einfach so hineinging. Als wäre er sonst nicht eigen.

Jule hätte nicht sagen können, wie sie sich Jans Zimmer vorgestellt hatte, aber so ganz sicher nicht: Hunderte selbstgebrannter CDs stapelten sich die Wände empor, Berge von Büchern lagen auf der Erde, Fotos, elektronische Geräte, mit denen Jule nichts anfangen konnte, ausgeschnittene Zeitungsartikel, alles mögliche. Das Zimmer erstarb in genialem Chaos. Als sei Jan ein … Medium oder so was.

– Dein Freund ist eine Festplatte, sagte Jule.

– Jan ist ein ganzer Server, sagte Peter. Und jetzt komm da raus, bevor du irgendwas durcheinanderbringst.

Jule stand in der Mitte des Zimmers und drehte sich um die eigene Achse.

– Hier ist doch schon alles durcheinander.

– Glaub mir, hier ist alles genau da, wo es sein soll. Der Server, der hier wohnt, hat sein eigenes Verwaltungsprogramm.

EIGENTLICH hätte Jan sich denken können, daß Peter ihn bitten würde, Jule beim Renovieren zu helfen, während er selbst in Barcelona einen neuen Party-Rekord aufstellte. Mit Anita übrigens. Apothekerstochter. Keine Ahnung, wo er die schon wieder herhatte. Als klar war, daß Jule nicht mitkommen würde, hatte Peter sie schneller aktiviert, als er eine SS 747 abschalten konnte.

Peter würde also in Barcelona jede Menge Spaß haben, während Jan in der Zwischenzeit die Wohnung seiner Freundin streichen durfte.

– Du hast doch jetzt Zeit, wo du nicht mehr im »Katzinger« arbeitest.

Jan hatte zwar wieder einen Job als Koch angenommen, diesmal in der Mensa vom Lette-Verein –, aber bis zum Monatsende hatte er noch frei.

Danke, Peter!

An Peters letztem Abend, nachdem sie mit dem VW-Bus Jules Möbel geholt hatten, aßen Jule, Jan und Peter gemeinsam zu Abend. Es herrschte gedrückte Stimmung. Keiner sagte etwas. Jule versuchte, ein Gespräch in Gang zu bringen. Ihre Arbeitsgruppe bei ATTAC war gerade dabei, eine Demo gegen den Internationalen Währungsfonds vorzubereiten.

– Die benutzen euch doch nur, bügelte Jan sie ab.

Wenn er düsterer Stimmung war, kam ihm jedes Thema recht.

– Wie darf ich das denn verstehen? fragte Jule.

– Die schmücken sich damit, daß sie euren Protest zulassen, sorgen dafür, daß ein paar Bilder in den Tagesthemen gesendet werden, machen Witzchen über euch, während sie gegrillten Lachs in sich reinschaufeln, klopfen sich auf die Schulter und schieben sich gegenseitig Geld in den Arsch.

– So 'n Quatsch! entgegnete Jule wütend. Durch Genua ist das Thema Globalisierung doch erst hochgekommen. Die Leute machen sich Gedanken, stellen Fragen. Es läßt sich einfach nicht mehr totschweigen. Das Problem ist nicht der Protest, sondern diese Lahmarsch-Kifferhaltung: Wozu demonstrieren – bringt doch eh nichts.

Peter schaute von einem zum anderen und hielt sich raus. Wenn das der Vorgeschmack auf ihre künftige Dreier-WG war …

– Um die Globalisierung geht's doch gar nicht, warf Jan ein, abgesehen davon, daß kein Rad der Welt sie zurückdrehen kann. Das Problem ist das System: unkontrollierter, rücksichtsloser, wildgewordener Kapitalismus. Und das wißt ihr. Nur traut ihr euch nicht, es auszusprechen, weil ihr nicht als Kommunisten oder Anarchisten dastehen wollt.

Bei dem Wort »System« stand Peter auf und ging sich ein Bier holen.

– Es geht nicht um Begriffe, insistierte Jule, sondern um Inhalte. Die global operierenden Großkonzerne und Finanzmärkte sind doch inzwischen mächtiger als jede Regierung. Und die sorgen dafür, daß die Schere zwischen arm und reich immer größer wird. Neunzig Prozent sind am Verhungern, zehn Prozent schwimmen im Fett. Und es wird immer schlimmer!

– Stimmt alles, sagte Jan. Und was willst du dagegen tun – demonstrieren? Das sind nicht mal Nadelstiche für die! Eure Proteste sind das Feigenblatt, mit dem sie sich schmücken – seht her, wir lassen Kritik zu!

– Hast du etwa ’ne bessere Idee?

Das war das Stichwort für Peter.

– Ich unterbreche euch wirklich nur ungern, aber, Jan: Wir müssen los.

– Wohin? fragte Jan.

– Hast du’s etwa vergessen? Wir haben doch noch ’nen Plakatierjob zu erledigen.

– Ach ja, stimmt. Hab ich total vergessen.

– Ihr müßt heute noch plakatieren? fragte Jule. Davon hast du mir gar nichts gesagt.

– Sorry, sagte Peter, beugte sich über den Tisch und küßte sie. Der Job kam ganz kurzfristig. Die Plakate müssen unbedingt vorm Wochenende noch drankommen.

– Und was mache *ich* so lange?

Offenbar hatte Jule einen romantischen Abschiedsabend zu zweit im Sinn gehabt.

Peter küßte sie noch einmal.

– Es dauert nicht lange – zwei, drei Stunden, dann sind wir wieder zurück.

DER Typ hieß Amboß. Passender Name für jemanden, der Waffen um den ganzen Globus vermakelte. Machte sich auf der Visitenkarte sicher gut: Peer Amboß – Panzer, Granaten, Raketen.

Das Haus war ein einziges Waffenarsenal: Im Flur begrüßten einen gekreuzten Säbel, als Gestell für den Couchtisch dienten zusammengeschweißte Gewehrläufe, über dem Sofa hing ein zwei mal drei Meter großer Kampfbomber in Öl. Im Tiefflug. Was für ein kranker Typ! Kein Wunder, daß er sich für eine SS 747 entschieden hatte.

Jan malte dem Kampfjet Anarchistensymbole auf Rumpf und Tragflächen, während Peter aus Instant-Sahne einen Schaumteppich für die Notlandung aufsprühte.

Sie beeilten sich mit ihrer »Umdekoration«, niemand hielt sich in so einem Haus freiwillig länger auf als notwendig.

– Laß uns abhauen, sagte Jan, als ein befriedigendes Maß an Chaos erreicht war. Das ist das reinste Gruselkabinett hier.

– Sekunde noch, sagte Peter.

Er wog eine Machete mit einer Vierzig-Zentimeter-Klinge in der Hand und suchte nach einem geeigneten Ort für ihre Nachricht. Schließlich entschied er sich für eine Mahagoni-Vitrine, in der Pistolen auf roten Samt gebettet lagen. Er hielt den Umschlag an die Stirnseite und rammte das Messer hindurch ins Holz. Der Griff zitterte geräuschlos in der Luft. Ein letztes Mal blickte Peter sich um.

– Freakhausen, sagte er.

Auf der Rückfahrt gab Jan keinen Mucks von sich. Der Einbruch bei Amboß hatte ihn unbefriedigt zurückgelassen, und das war noch untertrieben. Bei einem wie dem erreichten sie gar nichts. Der hörte kein Gewissen läuten, und sein eigenes schon gar nicht. Als Konsequenz aus ihrem Einbruch würde der höchstens ein paar Selbstschußanlagen installieren lassen, das war's dann aber auch. Sie stierten eine Weile vor sich hin.

– Was ist denn los? fragte Peter.

– Wir müssen das alles mal auf eine andere Stufe heben, sagte Jan.

– Was meinst 'n damit?

– Villen knacken …

Jan beobachtete die Reflexion des VW-Busses in den vorbeiziehenden Schaufenstern.

– … das bringt uns auf die Dauer nicht weiter, sagte er. Über einen bestimmten Punkt kommen wir damit nicht raus. Wie so ein scheiß Hometrainer: Du strampelst dir einen ab und kommst nicht vom Fleck.

– Wieso? Läuft doch …

– Wir müssen die Dinge mal in einem größeren Zusammenhang sehen … Ich hab da schon was in Planung.

Peter nahm sich eine Zigarette. Er fing immer dann an zu rauchen, wenn er nicht länger über ein bestimmtes Thema reden wollte. Sie standen an einer Ampel. Peter blies einen perfekten Kringel zu Jan hinüber. Als er anfuhr, riß der Luftstrom ihn auseinander, und er verschwand durchs offene Fenster.

– Was 'n für Zusammenhänge? wiederholte Peter.

– Größere eben … Wirste schon sehen.

Peter hielt an einer Tankstelle, sie rauchten ein paar Zigaretten und tranken ein Bier auf ihren gelungenen Einbruch, auf Peters letzten Abend und auf das Leben.

JAN erwachte um halb zwölf und fragte sich, ob er vielleicht absichtlich drei Stunden verschlafen hatte. Es machte ihm nichts aus, beim Renovieren zu helfen. Bloß mit Jule ... Das machte ihn irgendwie nervös. Auch wenn es die Freundin seines besten Freundes war.

Ihm fiel ein, daß, obwohl Jule und Peter jetzt schon eine ganze Weile zusammen waren, er noch nie bei ihr in der Wohnung gewesen war. Er mußte Peter auf dem Handy anrufen, um nach ihrer Adresse zu fragen.

– Hörst du das? fragte Peter.

– Schlechte Verbindung, sagte Jan.

– Nein, Mann – das ist das Meer!

– Schön für dich. Sagst du mir jetzt auch noch Jules Adresse, oder soll ich mir weiter für einsachtzig die Minute Meeresrauschen anhören?

– Ich bring dir was mit, okay? 'ne Dose Oliven, oder Kapern oder so was ... Manchego! Wie wär's mit einem schönen großen Stück Manchego!

– Du hast genau zehn Sekunden, mir die Adresse zu geben, oder deine Freundin kann ihre Wohnung alleine streichen.

Die Wohnungstür war angelehnt. Jule hatte das Radio laufen, irgendeine Schnulze hallte durch die leere Wohnung. Sie stand in der Küche, mit dem Rücken zur Tür, barfuß, trug eine alte Jogginghose und eins von Peters Unterhemden und sang den Refrain mit, während sie mit der Rolle die Wand auf und ab fuhr.

Jan wußte nicht, warum, aber aus irgendeinem Grund

blieb er im Türrahmen stehen und beobachtete Jule dabei, wie sie die Wand strich. Es kam ein neues Lied, das Jule nicht kannte, also sang sie einfach irgendwas dazu. Durch die Arbeit schien etwas von ihr abzufallen, sie leichter zu machen. Offenbar war sie nicht immer so angespannt, wie Jan sie bisher erlebt hatte.

Je länger Jan in der Tür stand, um so weniger wollte er, daß sie auf ihn aufmerksam wurde. Ein bißchen wie Sternegucken: Die sah man am besten im Dunkeln. Nur so ein Gedanke – hatte nichts zu bedeuten. Es passierte nicht oft, daß Jan eifersüchtig war, aber in diesem Moment beneidete er seinen besten Freund um seine Freundin.

– Aaaah! schrie Jule.

Und dann:

– Scheiße!

Vor Schreck hatte sie den Farbeimer umgestoßen.

– Mensch, hast du mich erschreckt!

Sie lachten verlegen.

– Sorry, daß ich zu spät bin, sagte Jan.

– Danke, daß du überhaupt gekommen bist.

Jule patschte mit den Zehen in der Farbe, die ihr über den Fuß gelaufen war.

– Guck mal, sagte sie, sieht aus wie 'ne Hundepfote.

Sie betrachtete ihre Fußabdrücke auf den Dielen.

– Naja, sagte Jan und legte skeptisch den Kopf schief. Gegen *den* Hund war der von Baskerville ein Rehpinscher.

– Willst du etwa sagen, ich hätte große Füße! Sieh mal, was für schlanke Fesseln!

Sie streckte den Fuß in der Verlängerung ihres Beins und zog die Hose über den Knöchel zurück.

Ihre Fesseln waren wirklich sehr schlank.

– Da, sagte Jule und zeigte auf die gegenüberliegende Wand. Das ist deine – wenn du willst.

Zum Glück kam man beim Renovieren nie in die Verlegenheit, blöd in der Gegend herumzustehen. Und wenn man nichts sagte, nahm einem das auch keiner übel. Nur die Geräusche der Rollen auf der Wand waren zu hören. Und das Radio. Jule hatte aufgehört, mitzusingen. Jan spürte sie in seinem Rücken. Um halb drei waren sie mit der Küche fertig.

– Wow, sagte Jule. Dafür hätte ich alleine den ganzen Tag gebraucht.

– Was kommt als nächstes?

– Flur, würde ich sagen.

Jan steckte das Radio-CD-Kassettendings um. »Ohne Li-iebe macht alles keinen Sinn/Ohne Li-iebe ist alles halb so schön ...«

– Was ist denn das? fragte Jan.

– Keine Ahnung, das Radio ist kaputt. Ein anderer Sender geht nicht rein.

Jule zögerte.

– Ist 'ne CD drin.

Jan drückte den Play-Button. Eine vertraute Melodie erfüllte den Flur. Jan brauchte ganze fünf Sekunden, um den Song zu erkennen, weil er nie gedacht hätte, daß außer ihm noch jemand diese CD hatte.

– Gil Scott Heron!

– Den kennst du? fragte Jule.

Soweit Jan wußte, gab es keinen Song von ihm, den er nicht irgendwo auf CD hatte.

– »Pieces Of A Man« – gute Platte.

– Ich dachte immer, außer mir gibt es niemanden, der auf Gil Scott Heron steht.

Jan war beeindruckt. Gil Scott Heron gut zu finden war nicht so, wie beispielsweise »Pulp Fiction« gut zu finden. Jeder Honk konnte »Pulp Fiction« gut finden, oder »ich *liebe* das Meer« sagen. Aber Gil Scott Heron – das war etwas Besonderes.

– Ich hab noch überlegt, ob ich dir überhaupt sagen soll, daß sie drin ist, gab Jule zu. Die meisten finden solche Musik albern.

– Ich find's albern, diese Musik albern zu finden, sagte Jan. Und noch alberner, sich dafür zu interessieren, ob andere sie albern finden könnten.

Jule schob sich verlegen eine Haarsträhne hinters Ohr und wandte sich ab. Offenbar hatte Jan einen wunden Punkt getroffen: ihre Abhängigkeit davon, was andere über sie dachten.

– Peter macht sich darüber lustig, sagte Jule.

– Der ist ja auch DJ. Für den zählt nur, was tschktschk- tschk macht.

– Oder dss-dss-dss.

Sie lachten. Dann tauchten sie jeder seine Rolle in den Farbeimer und arbeiteten schweigend weiter. Sich in Peters Abwesenheit gegen ihn zu verbünden, und sei es auch nur im Scherz, war irgendwie … ungehörig, ein kleiner Verrat.

– Kennst du »The Other Side«? fragte Jan.

Jule schüttelte den Kopf.

– Ist auf einer neueren Platte von ihm – »Spirits«. Naja: Inzwischen ist die auch schon zehn Jahre alt. Das geht einem echt unter die Haut. Die meisten kennen nur seine alten Sachen, aus den Siebzigern und Achtzigern, aber bei den neuen Sachen sind auch geile Stücke dabei …

– Die meisten kennen ihn überhaupt nicht. Die Masse ist eben dumm …

– Weil sie dumm einfacher zu steuern ist.

Jan sprang die Farbrolle vom Teleskopstab und platschte auf den Fußboden. Er hob sie auf und betrachtete die vielen kleinen Schmutzpartikel, die jetzt daran klebten.

– Da müßte man ansetzen, sagte er. Und dann:

– Sag mal: Das ist doch 'ne echt schöne Wohnung. Wieso willst du eigentlich hier ausziehen?

Jule lehnte den Stab mit der Rolle gegen die Wand und streckte ihren Rücken.

– Weil ich mir im Moment keine leisten kann.

Jan strich weiter.

– Wegen deiner Schulden?

– Hat Peter dir das erzählt?

Sie klang leicht genervt.

– Er hat mal so was erwähnt, sagte Jan.

Sie nahm ihre Rolle und tauchte sie in den Farbeimer.

– Ist doch nichts dabei, sagte Jan. Fast jeder hat Schulden. Ich auch.

– Aber nicht so wie ich.

– Klingt ja dramatisch. Wie viele sind es denn? Fünftausend?

Jule verzog die Mundwinkel.

– 10000?

Keine Reaktion.

– 20000?

Jule drehte sich um und funkelte Jan an.

– Laß uns über was anderes reden, okay?

Sie schwiegen. Gil Scott Heron sang mit rauher Stimme vom aussichtslosen Kampf gegen Unterdrückung und Diskriminierung.

– 93426, sagte Jule.

Jan starrte ihren Rücken an.

– Was?

Jule drehte sich mit einem resignierten Lächeln zu ihm um.

– Na Euro.

Jan sah sie an, als hätte sie ihm einen Zaubertrick vorgeführt.

– Wie schafft man denn so was?

– Willst du's wirklich wissen?

– Ja.

– Dann ist es jetzt Zeit für eine Zigarettenpause.

Sie setzten sich auf den Boden, und Jule erzählte ihm von dem Unfall: Daß ihr Auto keinen TÜV mehr gehabt hatte und außerdem nicht versichert war, oder umgekehrt, wie man will, und daß der Schlitten von Hardenberg über hunderttausend wert gewesen war.

– Aber inzwischen bin ich ja schon auf 93 426 runter, sagte Jule.

Es klang, als müßte sie sich mit einem von diesen kleinen bunten Eislöffeln ihr eigenes Grab schaufeln.

– Wie – und jetzt hast du kein Leben mehr, weil du dich für Mister Ich-laß-in-Taiwan-Kinder-für-mich-schuften abrackerst?

Jule ließ ihre Asche auf den Boden fallen.

– Schon. Aber ... ich hatte eben schuld. Rein rechtlich.

– Rechtlich? Wo soll denn da bitte die Gerechtigkeit sein?

Jule lächelte kurz und zuckte dann müde mit den Schultern. Langsam dämmerte Jan, daß diese Geschichte ihr ganzes Leben bestimmte. Wie ein Krebsgeschwür, das einen von innen auffraß.

– Ich hab eben Scheiße gebaut, sagte Jule. Und jetzt muß ich dafür geradestehen.

– Na klar: Geh pünktlich zur Arbeit, zahl ordentlich

deine Steuern, klau nicht im Supermarkt … Den Scheiß kriegst du die ganze Zeit reingewürgt Und wozu? Damit das System funktioniert und sich Typen wie dieser Hardenberg einen Stall voller Autos leisten können. Das ist doch alles total verlogen.

Jan merkte, wie sein Körper in Aufruhr geriet. Bei solchen Geschichten konnte er einfach nicht anders.

– Du hast ja recht, aber was soll ich machen? Ich hab mal drei Monate die Raten nicht gezahlt – da stand gleich der Gerichtsvollzieher vor der Tür.

Jan drückte seine Zigarette auf dem Boden aus und warf den Stummel in einen leeren Farbeimer. Er sah Jule an.

– Der erste Schritt ist, daß du das Unrecht *erkennst*. Der zweite, daß du handelst, um es zu beseitigen.

– Und wie?

– Den ersten Schritt mußt du selber machen. Für den zweiten brauchst du Verbündete.

– Hm. Und wo finde ich die?

– Frag mich, wenn du mit eins durch bist.

DIE erste und einzige Frau, für die Jan bis zu diesem Abend je gekocht hatte, hieß Nora. Risotto mit Steinpilzen. War schon eine Ewigkeit her. Mit der hätte er leben wollen. Sie aber nicht mit ihm, hielt ihn für zu kompliziert, machte Schluß und griff sich noch am gleichen Abend einen anderen. Es würde Jan ein ewiges Rätsel bleiben, wie man die Liebe zu jemandem einfach auszog wie einen alten Schuh. Seine Liebe würde ein Teil von ihm sein. Wenn er sie je erlebte ...

– Ist was? fragte Jule.

– Ach nichts. Ich frag mich nur ...

Jule trank einen Schluck Wein.

– Du fragst dich was?

– Ach nichts.

Bis Jan die letzten Spinat-Ricotta-Ravioli gefaltet hatte, spürte er den Wein bereits warm in seinen Adern kreisen.

– Das riecht toll, sagte Jule jetzt zum dritten Mal.

Was sie eigentlich meinte, war natürlich: Wann gibt's endlich was zu essen?!

– Ist gleich soweit, sagte Jan, warf die Ravioli ins Wasser und zündete die Kerze an.

Jule stürzte sich auf den Teller, wie Jan es zuletzt bei manchen Insassen der »Barmherzigen Schwester« gesehen hatte. Essen schien eines der Dinge zu sein, die sie mühelos ihr selbstgeschneidertes Korsett aus sozialer Verantwortung, Verpflichtungen gegenüber Dritten, der Empörung über die Ungerechtigkeit in der Welt und wer weiß was noch alles abstreifen ließen. So wie Wände streichen und dabei Schnulzen hören.

– Sind das alle? fragte Jule.

Jan schaufelte ihr auf den Teller, was an Ravioli noch im Sieb lag. Danach gab Jule minutenlang nur noch wohlige Laute von sich.

– O Gott, ich platze, sagte sie und schob den Teller von sich weg. Das war sen-sa-tio-nell, Jan. Mit deinen Kochkünsten mußt du bei Frauen ja einen ziemlichen Erfolg haben.

Jan stellte die Teller zusammen und trug sie zur Spüle. Wie war das noch mit den Gelegenheiten, bei denen er nie wissen würde, was er sagen sollte? Manchmal glaubte er sie zu sammeln wie andere Briefmarken. Ganze Alben könnte er damit füllen.

– Ist dir das peinlich, daß ich das gesagt habe? fragte Jule.

Das war jetzt so eine Art Sondermarke in seiner Sammlung.

– Ich glaub, da kommt es eher auf andere Sachen an, sagte Jan und überging damit die Frage, ob es ihm peinlich war.

Jule verzichtete auf weitere Fragen. Bei ihr war es darauf ja schließlich auch nicht angekommen. Sie war einfühlsam genug, das Thema zu wechseln.

– Wie habt ihr euch eigentlich kennengelernt, du und Peter?

– Hat er dir das nie erzählt?

– Er sagt immer nur »von früher«, und daß du nicht gerne über deine Vergangenheit sprichst.

– Willst du's wirklich wissen?

Jule zog die Schultern hoch.

– Würd ich sonst fragen?

Jan ließ das Spülwasser ein.

Nicht weit von der »Barmherzigen Schwester« gab es einen Schotterplatz, auf dem die Schulkinder nachmittags Fußball spielten. Jan war oft daran vorbeigekommen, auf dem Weg von der Schule zurück zu seinen Büchern, seinem Zimmer, seinem Leben, in das niemand eindringen durfte.

In letzter Zeit aber war er immer häufiger stehengeblieben und hatte vom Zaun aus die anderen beobachtet. Manche kannte er vom Sehen aus der Schule, zwei gingen in seine Klasse. Ein Langer, Dünner war Jan schon einige Male aufgefallen. Schnell und beweglich. Er war eine Klasse über Jan, in der 8b, aber seinen Namen wußte Jan nicht. Auf dem Schulhof hatte er Jan einmal anerkennend zugenickt, als der einem, der ihn nicht in Ruhe lassen wollte, so auf den Fuß getreten war, daß sich die Socke in seiner Sandale rot gefärbt hatte.

– Willste eigentlich immer nur glotzen, oder willste mitspielen?

Jan zögerte.

– Mitspielen.

Der Junge machte eine Bewegung, als wollte er fragen: Und?

– Kann ich? fragte Jan.

– Klar.

Jan schwang sich über den Zaun. Es waren ungefähr zehn, zwölf Jungen auf dem Platz. Ein anderer, mit kräftigem Oberkörper und stämmigen Beinen, kam angelaufen. Seine Füße steckten in den Adidas-Schuhen, die bei »Sport-Köhler« einen Extraplatz im Schaufenster hatten, und er trug die passenden Stulpen und Socken dazu. Überhaupt sah er aus wie eine Schaufensterpuppe, außer daß er einen gedrungenen Körper und dicke Beine hatte.

– Was gibt 'n das, wenn's fertig ist? fragte er.

– Der ist bei uns in der Mannschaft, antwortete der Drahtige.

– Vergiß es. Der spielt nicht.

– Haste Angst, er klaut dir die Schuhe, oder was?

– Das ist 'n Homie, Mann. Gegen Homies spiel ich nicht.

Inzwischen standen die beiden Nase an Kinn. Es war klar, daß sie sich nicht leiden konnten. Jan war für sie nur ein willkommener Anlaß, ihr eigenes Ding auszufechten.

– Und warum nicht? fragte der Drahtige.

– Weil's Homies sind – deshalb.

Der drahtige Junge war größer, aber der andere war kräftiger und älter, hatte schon einen angedeuteten Bart.

– Ach nee, sagte der Drahtige.

– Ach ja, sagte der Dicke.

Es ging so schnell, daß Jan sich fragte, ob er wirklich etwas gesehen hatte. Eine kurze Bewegung, dann lag der Adidas-Ständer am Boden und preßte sich die Hand ans Ohr. Jan sah die Schmerzen in seinem Gesicht, das Staunen und die Demütigung. Als er wieder auf den Beinen war, hatte er Tränen in den Augen. Alle außer dem Drahtigen sahen so aus, als hätten sie sich nicht vorstellen können, ihn jemals heulen zu sehen.

– Du hast sie ja nicht alle! schrie er wütend.

Der Drahtige entgegnete etwas, das Jan ziemlich beeindruckte.

– Na und?

– Was bist 'n du für einer, schrie der Dicke weiter, inzwischen war er hysterisch.

– Ich bin'n Kroatie, sagte der Drahtige. Und weißt du, was du bist? Du bist 'n Heulie. Kein Homie – 'n Heulie. Trotzdem spiel ich gegen dich. Also, was ist jetzt?

Der Dicke ging vom Feld, die Hand immer noch aufs Ohr gepreßt, und nahm seine Schultasche.

– Du hast sie nicht alle, rief er noch einmal, bevor er ging. Echt jetzt, Peter, du hast sie nicht alle!

– Noch jemand, der nicht gegen einen Homie spielen will? fragte Peter in die Runde.

Keiner sagte etwas.

– Also, sagte er zu Jan, welche Position?

– Und seitdem seid ihr unzertrennlich, sagte Jule.

Jan lächelte.

Er war fertig mit dem Spülen und setzte sich zu Jule an den Tisch. Die hatte ein Döschen aus ihrer Tasche gekramt und baute einen Joint.

– Rauchst du mit? fragte sie.

– Hm ... Weiß nicht. Kiffen erstickt die revolutionäre Energie der Jugend.

– Soso, sagte Jule und leckte das Blättchen an. Gras auch?

– Ich schätze, Gras ist okay, sagte Jan und grinste.

Seit Jan aus dem besetzten Haus raus war, hatte er nicht mehr gekifft. Er konnte die Wirkung von Jules Joint erst einschätzen, als es bereits zu spät war: Langsam weichte der Stuhl unter ihm auf, und sein Körper wurde gleichzeitig leicht und schwer. Geht eigentlich nicht, ist klar. Aber irgendwie doch.

– Du brauchst Urlaub, nimm mich, sagte Jule.

Jan war mißtrauisch.

– Was?

– Ich hab gesagt: »Ab und zu braucht der Mensch Urlaub vom Ich.«

– Ach so ... Ja, aber das ist doch genau das, was die Maschine am Laufen hält, sagte Jan. In Berlin gibt's mehr Kneipen als niedergelassene Ärzte.

Er versuchte, mit dem Joint den Aschenbecher zu treffen.

– Außerdem find ich körpereigene Drogen viel geiler: Urlaub *mit* dem Ich!

Jule sah ihn fragend an. Vielleicht sagte sie auch etwas.

– Da gibt's tausend Sachen, fuhr Jan fort. Endorphine zum Beispiel, das ist dieses morphiumähnliche Zeug, mit dem dein Gehirn überschwemmt wird, wenn du ... ich weiß nicht – zehn Kilometer joggst, zum Beispiel.

– Gib mir mal den Joint wieder, sagte Jule.

Jan hielt ihn von sich weg und hoffte, daß Jule ihn ohne Probleme aus seinen Fingern bekommen würde. Er sah sie einen Zug nehmen. Schien geklappt zu haben.

– Oder diese Glückshormone, sagte sie. Wenn man frisch verknallt ist.

– Oh Vorsicht! Das sind ganz harte Drogen. Nichts für Einsteiger. Da sollte man extrem vorsichtig sein.

– Sonst rutscht man ganz schnell in die Beschaffungskriminalität ab.

Sie lachten. Danach hatte Jan den Joint wieder in der Hand. Und wenn man ihn schon in der Hand hat, dann kann man auch dran ziehen.

– Angst ist auch super, sagte Jan. Als Droge, meine ich. Sehr stimulierend.

Jule zog die Augenbrauen zusammen.

– Also, meine Angst vor dem sozialen Abstieg stimuliert mich nicht gerade.

– Weil du dich von ihr treiben läßt.

Jans Augen blitzten auf.

– Du mußt sie als Motor verwenden. Kann man trainieren. Bring dich in Situationen, in denen du RICHTIG Angst hast. Erst bist du panisch, dann werden alle möglichen Selbstschutzprogramme aktiviert.

Er machte eine ausladende Geste.

– Und dann geht alles, sagte er. *Alles*.

– Willst du noch? fragte Jule und wedelte mit dem Joint.

Wieso hatte sie den jetzt plötzlich wieder?

– Auf keinen Fall, sagte Jan.

– Gut, sagte Jule, und drückte den Rest im Aschenbecher aus. Das, was du eben gesagt hast – das mit der Angst: Glaubst du das, oder weißt du das?

– Das weiß ich!

Jule fing an zu giggeln.

– Hey, du bist ja 'n Held!

– 'n Superheld, sagte Jan und machte eine Superman-Faust.

Sie kicherten sich halbtot, bis Jule plötzlich aus heiterem Himmel ausrief:

– O Gott! Sag mal: Wie spät isses eigentlich?

Jan versuchte, die Zeiger seiner Uhr scharf zu stellen.

– Halb zwei. Oder halb drei, sagte er.

– O Gott! Ich muß sofort ins Bett. Gute Nacht, Superheld.

Im Hinausgehen sagte sie noch:

– Und vielen Dank noch mal für die Hilfe.

– Kein Problem, sagte Jan, aber da war Jule schon aus der Tür.

Er saß noch eine Weile und starrte in die Flamme, dann ließ er seine flache Hand auf die Kerze fallen.

JULE lag mit offenen Augen im Bett und überlegte, was sie zum Renovieren am besten anziehen sollte. Jan war schon seit einer halben Stunde in der Küche zugange, der Geruch von Kaffee durchzog die Wohnung.

Sie mußte über sich selbst lachen und entschied sich für eins der Tops, die ganz oben im Karton lagen. Gut, es hätte schlimmer kommen können: Ein Badeanzug stand noch zur Auswahl. Aber was sollte sie machen – die anderen Klamotten waren fast alle noch in den Umzugskisten.

Jan merkte natürlich sofort, daß sie nicht mehr Peters Unterhemd vom Vortag anhatte, sondern dieses Trägerdings. Sie spürte seine Blicke, wenn sie wegsah, und kam sich ziemlich blöd vor – und ein bißchen geschmeichelt.

– Ich sag ja, Frauen müssen einfach auf dich stehen, sagte sie, als sie den Teller mit dem frischen Croissant und den Milchkaffee sah, der für sie bereitstand.

– Wenn du meinst, sagte Jan nur.

Scheiße, gleich wieder rein in den Fettnapf.

– Sorry, sagte Jule.

– Schon okay, sagte Jan. Sollen wir los?

Vormittags schien die Sonne in Jules Wohnung durch die Küche bis in den Flur. So wie jetzt. Die Farbe war getrocknet. Gestern abend hatte es noch ganz gut ausgesehen. Jetzt hatte die Tapete ein leichtes Zebra-Muster, weiß auf weiß. Da wo sie nicht runterhing jedenfalls.

– Zuviel Farbe, sagte Jan.

Es waren nur die Wände betroffen, die Jule gestrichen hatte.

– Sieht irgendwie scheiße aus, oder? fragte sie.

– Ziemlich scheiße.

Heute mußten sie das kleine Zimmer tapezieren und das große streichen.

– Paß auf, sagte Jan. Ich kümmere mich um das hier, und du schneidest solange die Tapeten vor.

– Okay, sagte Jule und klang etwas resigniert.

– Ach, ich hab was für dich, sagte Jan.

Er kramte in seinem Rucksack und zog eine CD hervor.

– Für mich? fragte Jule.

Es war kein Cover in der Hülle. Nur die CD, mit Edding beschriftet.

– Gil Scott Heron – »Spirits«, las Jule. Wann hast du die denn gebrannt?

– Na gestern nacht.

Anscheinend war Jan wirklich eine Art Superheld.

– Du hast gestern nacht noch eine CD für mich gebrannt?

– Sonst hätte ich sie ja jetzt nicht dabei.

– Wir reden von dem Abend, an dem wir uns erst überfressen und dann noch bekifft haben?

– Genau.

Mann, wie machte der das? Jule hatte kaum das Bett gefunden.

Jules Problem mit Mengen war chronisch. In so was war sie noch nie gut gewesen, irgendwie hatte sie da einfach kein Gefühl für. Am Vortag hatte sie so viel Farbe aufgetragen, daß sich über Nacht die Tapete abgelöst hatte, jetzt nahm sie so wenig Kleister, daß sie gar nicht erst hielt. Mit den Längen verhielt es sich ähnlich: Entweder den Bahnen fehlte unten ein Stück, und sie sahen wie Hochwasserhosen aus, oder sie lappten einen halben Meter über die Fußleiste. Wenigstens die Musik war ein Trost.

– Die CD ist super, sagte Jule, während sie versuchte, einen Streifen Tapete an die Wand zu drücken, der sie immer wieder unter sich begrub. Gil Scott Heron philosophierte gerade über das Leben »on the other side«.

– Weißt du was? fragte Jule.

Sie kapitulierte vor der Tapete und versuchte gleichzeitig, eine bereits eingekleisterte Bahn von ihren Füßen abzustreifen – ein bißchen wie Jerry Lewis in seinen besseren Filmen. Jan beobachtete, wie immer mehr Tapete irgendwo an ihr festklebte, und ließ den Pinsel sinken.

– Was? fragte Jan.

– Genau so fühle ich mich – als würde ich immer auf der anderen Seite stehen. So geht das schon mein halbes Leben: in der Schule, mit meinen Eltern – immer steh ich auf der anderen Seite.

– Ja, sagte Jan. Und jetzt stehst du auf der anderen Seite der Tapete.

– Sehr witzig.

Jule gab den Kampf ganz auf. Sollte die blöde Tapete doch machen, was sie wollte. Sie stellte sich mit ausgebreiteten Armen vor die Wand, die Tapete wie ein Schleier, der an allen Seiten von ihr herabhing.

– Die klebt einfach nicht, beschwerte sich Jule.

– An dir schon.

Jan lächelte und tauchte den Tapezierpinsel in den Kleister.

– Du brauchst mehr Kleister, sagte er und strich den Pinsel an Jules Arm ab.

Es war kalt und glitschig. Jule verzog säuerlich den Mund.

– Iiii! Du Schwein!

– Und zwar, Jan nahm sich den anderen Arm vor, gleichmäßig verteilt.

– Och nöö!

– Und jetzt, sagte Jan, wo du genug Kleister hast, brauchst du natürlich auch die Tapete dazu.

Er nahm eine bereits eingestrichene Bahn und wickelte Jule darin ein, dann noch eine. Von oben bis unten.

– Das ist echt eklig, sagte Jule.

– Ich laß den Kopf frei, okay?

– Wirklich *zu* freundlich. Kein Wunder, daß sie dich in ein Heim gesteckt haben.

Autsch. Schon wieder das Fettnäpfchen getroffen. Jan mußte schlucken. Aber es war okay. Er lächelte.

– Für den Spruch, sagte er und tauchte hinter ihrem Rücken eine Rolle in den Farbeimer, hast du dir gleich noch einen Anstrich verdient.

Er fuhr mit der Rolle über ihren Rücken. Jule wurde steif wie ein Brett und kniff die Augen zusammen. Aber es war nicht wirklich eklig – eher so wie in den See gehen, und das Wasser ist zu kalt.

Sie hörte die Farbe auf den Boden tropfen.

– Das krieg ich doch alles nie wieder ab, rief Jule.

Aber inzwischen war es sowieso egal – sie war eine lebende Pappmaché-Mumie.

– Warte, sagte Jan. Nicht bewegen.

– O nein! Was denn jetzt noch?

Jan riß ein Stück Tapete von der Rolle und faltete einen Hut daraus.

– So, sagte.

Er setzte Jule den Hut auf.

Er warf noch einen prüfenden Blick auf sein Werk und mimte den schwulen Modedesigner, Standbein-Spielbein, Hand in die Hüfte gestemmt.

– Momentchen noch, Schätzchen, flötete er und zog den Hut etwas tiefer in die Stirn. Perfekt!

Er trippelte zu seinem Rucksack und holte umständlich seine Kamera raus.

– Und jetzt, Liebes: das Beweisfoto.

– Kommt nicht in Frage!

– Stillhalten, verlangte Jan und brachte die Kamera in Anschlag.

Er fuchtelte mit der freien Hand in der Luft rum.

– Cheeeese, befahl er.

Jule zeigte ihm ihre Zähne.

– Naturtalent, resümierte Jan.

– Schön. Und wie komm ich hier wieder raus?

Jan streckte die Arme empor.

– Spreng deine Fesseln, Schätzchen!

– An dir ist echt 'ne Tunte verlorengegangen, lachte Jule und riß mit einem Befreiungsschrei die Tapete auseinander.

– Bravo, rief Jan und klatschte in die Hände. Bravo!

Er half ihr, sich aus der Tapete zu befreien. Sie standen inmitten lauter Papierfetzen, umgeben von drei einhalb untapezierten Wänden. Der Anblick war mehr als ernüchternd. Jule sank der Mut.

– Sag mal ... fragte Jan. Hast du nicht gesagt, du bist noch mit der Miete im Rückstand?

– Ja, aber nur einen Monat, sagte Jule. Alles andere hab ich nach und nach abgestottert – bis auf den einen Monat! Der Anwalt hat gesagt, es täte ihm leid, aber es wäre halt zu spät.

Jan machte ein nachdenkliches Gesicht.

– Und du glaubst allen Ernstes, du siehst noch was von deiner Kaution wieder, wenn wir hier fertig sind?

Jule verkniff sich eine Antwort.

– Ich sag dir, was passieren wird, fuhr Jan fort. Zuerst werden sie die ausstehende Miete mit der Kaution verrechnen, anschließend die Anwaltskosten, und wenn dann noch was übrig sein sollte, finden die garantiert was an der Wohnung zu beanstanden und behalten den Rest auch noch.

Es war nicht so, daß Jule diesen Gedanken nicht auch schon gehabt hätte. Nur hatte er sich bei ihr nicht so endgültig angefühlt. Die Hoffnung stirbt bekanntlich zuletzt. Doch jetzt, wo Jan die Wahrheit ans Licht gezerrt hatte, fiel das Selbsttäuschungsgebäude in sich zusammen.

– Scheiße, du hast recht, sagte sie.

– Und warum machen wir uns dann die Mühe und renovieren das alles?

Gil Scott Heron war immer noch bei seinem Lieblingsthema – »You're on the inside, I'm on the outside«.

– Da bin ich überfragt, gab Jule zu.

Sie sah Jan an. Da war diese ungeheure Kraft in ihm, etwas Unbeugsames – Jule meinte es sehen zu können, im Gegenlicht, wie Luft, die über einer Landstraße aufsteigt, wenn der Teer anfängt zu schmelzen. Und sie spürte, wie, was immer es war, das Jan umgab, auf sie übersprang und von ihr Besitz ergriff.

Jule grinste Jan an, und der grinste zurück. Sie hob den Eimer hoch, nahm drei Schritte Anlauf und schleuderte die Farbe quer über die Wand. Und das war es dann mit der Renovierung. Und der Kaution. Was soll's.

Eine Minute später schob Jan die Farbwalze vor sich her und malte einen weißen Streifen quer durch die Wohnung. Jule steckte abwechselnd ihre Füße in die verschüttete Farbe und tapste hinterher. Es sah aus, als habe ein Betrunkener versucht, auf einer Schlangenlinie zu laufen.

Nach fünf Minuten sah die Wohnung schlimmer aus als je zuvor. Jan nahm eine Dose mit rotem Lack.

– Glaubst du, wir streichen die Küchentür noch? fragte er.

– Klar. Und ab morgen gibt es keine Kriege mehr auf der Welt.

Jan öffnete die Dose, nahm den größten Pinsel, der in Reichweite lag, und schrieb in einem großen Bogen

JEDES HERZ IST EINE REVOLUTIONÄRE ZELLE

auf die Wand. Jule malte ein rotes Herz darunter.

– Warte, sagte Jan und nahm seine Kamera. Beweisfoto.

Er machte ein Foto von der farbverschmierten Jule unter dem Bogen, Pinsel in der Hand, und dann noch eins mit Blick in die Kamera, lächelnd, dann ... spulte die Kamera den Film zurück.

– Schätze, wir sind fertig, sagte Jan.

– Ging noch schneller als gestern, sagte Jule, als beglückwünsche sie sich und Jan zu einem erfolgreichen Arbeitstag.

– Und jetzt? fragte Jan.

Jule zögerte.

– Du, Jan?

– Hm?

– Ich muß dir ein Geständnis machen.

Jule merkte, wie Jan innerlich zusammenzuckte.

– Ich hab einen Mordshunger, sagte sie.

JAN legte lauter komisches Zeug in den Einkaufswagen: Pinienkerne, Ziegenkäse, getrocknete Tomaten …

– Was ist das denn? fragte Jule, als er nach einem durchsichtigen Röhrchen griff, in dem ein Stück versteinertes Schilfrohr steckte.

Jan hielt es mit gestrecktem Arm über den Einkaufswagen.

– Bourbonvanille, sagte er. Man kratzt das Mark aus. Ist ein echtes Erlebnis auf der Zunge.

Jule nahm ihm das Röhrchen aus der Hand.

– Ganz schön teuer.

Jan winkte ab. Er sah irgendwie liebenswert aus, wenn er das machte, als bediene er sich der Geste eines anderen. Wie ein Kind, das dir einen Plastikrevolver vor den Bauchnabel hält und »Hände hoch!« ruft.

– Peter zahlt die Miete, ich bin für das Essen zuständig, sagte Jan.

– Klingt, als hätte ich mich ins gemachte Nest gesetzt. Und was bleibt für mich?

– Putzen ist noch frei.

– Na klar, ich bin die Frau, also krieg ich den Putzjob.

– Von mir aus kannst du auch den Kochpart übernehmen, bot Jan an.

– Okay, mach ich.

Jan grinste.

– Im Traum.

Er zog eine Flasche Veuve Cliquot aus dem Regal.

– Hast du überhaupt soviel Kohle dabei? fragte Jule.

Jan sah sie an.

– Nnnnein.

– Ich werd die nicht klauen, sagte Jule und deutete auf die Flasche. So was bring ich nicht. Da mach ich mir vor Angst in die Hose.

– Okay, wir stellen sie zurück, sagte Jan und steuerte den nächsten Gang an.

Der Typ war wirklich rätselhaft.

– Was machst du denn? fragte Jule und folgte ihm. Ich denke, wir stellen sie zurück …

– Wenn sie leer ist, sagte Jan und nahm zwei Gläser aus dem Regal.

Jule verstand gar nichts. Jan konnte einem wirklich Mut machen – aber Angst auch. »Extrem« – das war *sein* Wort. Jan war »extrem«.

– Ist dir noch nicht aufgefallen, fragte Jan, hier gibt's alles: von der Erdbeere bis zur Waschmaschine.

– Und? fragte sie.

Sie standen vor einem aufgebauten Zwei-Mann-Zelt, rot, 49 Euro. Angebot des Monats.

– Kostet nicht mehr als die Flasche, sagte Jan anerkennend, schaute sich kurz um und zog den Reißverschluß auf.

Jule konnte nicht glauben, daß sie das machte. Daß sie tatsächlich im Supermarkt mit Jan in einem Zelt saß und geklauten Champagner trank, während draußen die Einkaufswagen vorbeiquietschten.

Jan war ganz in rotes Licht getaucht. Er reichte ihr ein Glas.

– Prost, flüsterte er.

Sie stießen an.

– Auf die nächsten fünfzehn Jahre, sagte Jule.

Jan sah sie fragend an.

– So lange werde ich bei euch wohnen müssen – bis die Raten abgezahlt sind. Fünfzehn Jahre, sechs Monate.

Jule ärgerte sich, daß sie die Raten an Hardenberg erwähnt hatte. Konnte sie nicht mal fünf Minuten an etwas anderes denken?

– Klingt wie das Ende der Welt, sagte Jan.

– Bis dahin bin ich neununddreißig. Manchmal glaub ich, das Ende der Welt kommt vorher. Aber vielleicht werde ich ja auch rechtzeitig Lehrerin, dann geht's schneller mit den Raten, und ihr seid mich schon in zwölf Jahren los.

Jule wollte es nicht, aber sie klang kreuzunglücklich. Dabei war sie eigentlich keine Spielverderberin – nicht von Natur aus jedenfalls.

– Willst du das denn, fragte Jan, Lehrerin werden?

Jule zuckte mit den Schultern.

– Besser als kellnern ...

Sie tranken schweigend.

– Ach Scheiße, sagte Jule. Ich weiß auch nicht ...

– Was wolltest du denn früher, fragte Jan. Vor dem Unfall. Wolltest du da auch schon Lehrerin werden?

– Neee. So konkret ... Keine Ahnung. Ich wollte irgendwie ... Also ...

– Laß dir Zeit, sagte Jan.

– Das hört sich jetzt total bescheuert an, aber ... Ich wollte einfach nur frei sein, selbstbestimmt leben ... mir nicht immer von anderen was vorschreiben lassen, blabla ...

Jan goß ihnen nach. Die halbe Flasche war schon weg – fünfundzwanzig Euro. Dafür hätte Jule im »Case« vier Stunden arbeiten müssen.

– Und was soll daran bescheuert sein? fragte er.

– Ach komm: Im Grunde will das doch jeder, wild und frei sein, und dann endet es in irgendwelchen billigen Kompromissen. Du wirst – was weiß ich – Lehrerin, heiratest, hast zwei Kinder ... Und wild bist du dann in den Sommerferien, wenn du segeln gehst.

– Läuft doch ganz gut. Jan hob sein Glas und grinste.

– Ja, sagte Jule, heute klappt's ausnahmsweise mal.

Weil du dabei bist, dachte sie.

Plötzlich zog jemand am Reißverschluß. Jule hatte den Rest der Welt schon völlig ausgeblendet. Vor Aufregung schlug ihr das Herz bis zum Hals.

– Was macht 'n ihr hier?

Ein kleiner Junge von vielleicht sechs oder sieben steckte neugierig seinen Kopf zur Zelttür herein.

– Pssst. Jan legte seinen Zeigefinger auf die Lippen. Wir verstecken uns.

Der Junge nickte. Wenn man sich versteckte, war das irgendwie selbsterklärend, das mußte man nicht begründen. Jule versuchte ernst zu klingen, konnte aber ein Grinsen nicht unterdrücken.

– Verrate es keinem, okay?

– Nee, sagte der Junge, mach ich nich.

Er winkte zum Abschied. Jan und Jule winkten zurück.

Jule sah dem Jungen nach. Frei und wild – mit sieben ging das noch. Da war das Leben noch ein einziges Abenteuer. Frei und wild. Such dir ein Zelt und versteck dich darin – das Selbstverständlichste von der Welt.

Eben hatte Jule noch lachen müssen, jetzt, keine Minute später, fing sie fast an zu weinen. Das mußte der Champagner sein, der brachte sie ganz durcheinander.

– Es gibt welche, die schaffen es, sagte Jan.

Jule sah ihn lange an.

– Mann Jule, sagte Jan. Wenn du so weitermachst, glaubst du bald an gar nichts mehr.

UND? fragte Jan.

– Köstlich, sagte Jule.

– Ja, aber schmeckst du auch die Vanille raus?

Jule schob die Suppe im Mund hin und her.

– Mmh ... Weiß nicht ...

– Ziemlich weit oben, am Gaumen.

Jule versuchte es noch einmal.

– Vielleicht ... Ein bißchen, glaub ich ...

Ein hoffnungsloser Fall.

– Zwecklos, sagte Jan. Wir sollten lieber den Wein trinken. Um den ist es nicht schade.

Jule hob ihr Glas. Ihre Wangen glühten, von innen. Das machte der Champagner.

– Auf was? fragte Jan.

– Auf ... die Freiheit! Und die Liebe! Und eine Welt ohne Mietverträge!

Sie ist betrunken, dachte Jan. Und dann: Wie hübsch! Und dann: Was für ein blödes Wort – hübsch. Wahrscheinlich war er selbst nicht mehr ganz nüchtern.

Sie sahen sich an. Lange. Bis Jan abbrach. Bei so etwas war er immer der erste. Er las eine Weile in der Suppe, und dann sagte er etwas, das keiner von ihnen hören wollte.

– Hat Peter sich schon aus Barcelona gemeldet?

Den ganzen Tag hatte der Name zwischen ihnen gehangen, irgendwann mußte ihn mal jemand aussprechen. Als müßte Jan sein Gewissen beruhigen. Nur so ein Gedanke – hatte nichts zu sagen.

Jule schüttelte den Kopf.

– Schade, daß er bei der Zeltaktion nicht dabei war, sagte Jan. Das hätte ihm bestimmt gefallen.

Jule stocherte mit dem Löffel in der Suppe, als suche sie nach etwas.

– Ja, sagte sie. Er hätte bestimmt gleich einen ganzen Karton mit ins Zelt genommen.

Jan nickte.

Es gab schon wieder diesen Wer-sieht-dem-anderen-am-längsten-in-die-Augen-Contest. Auf halber Strecke kapitulierte Jan. Es war die einzige Chance, nicht augenblicklich in einzelne Atome zu zerfallen und wie ein Glas verschütteter Murmeln in sämtlichen Himmelsrichtungen über den Fußboden zu kullern.

– Ich hab dich noch nie mit 'ner Freundin gesehen, sagte Jule. Warum eigentlich?

Pfffft. Jans Sprachzentrum war bereits atomisiert.

– Also? bohrte Jule.

Endlich fiel ihm doch noch etwas ein.

– Ich bin gläubig: Kein Sex vor der Ehe.

Jule nickte.

– Genau so siehst du aus. Und im Ernst?

Jan nahm einen großen Schluck von dem Rotwein.

– Zu schwierig, zu schüchtern, zu ... alles.

– Hm. Also besonders schüchtern fand ich dich heute nicht ...

– Bei dir ist das was anderes, sagte Jan. Als Peters Freundin gehörst du ja sozusagen zur Familie.

Da war er wieder: Der Name, der sie miteinander verband und gleichzeitig auf Distanz hielt. Vertrackte Situation. Beim Schach würde man versuchen, das Geschehen zu verlagern.

– Laß uns aufs Dach gehen, schlug Jan vor.

– Hier kann man aufs Dach gehen?

– Hat Peter dir noch nicht gezeigt? Ist natürlich nicht erlaubt, aber was macht schon Spaß und ist erlaubt?

Peter, Peter, Peter … Als kannten sie ihn nicht gut genug, um zu wissen, wer er war. Auf dem Dach würden sie über etwas anderes reden.

– Vollmond! rief Jule.

Ja, dachte Jan. Die Nacht, in der alles von vorne anfängt. Erst jetzt bemerkte Jule, wie weit man von hier sehen konnte.

– Was für eine Aussicht, staunte sie.

Jan nickte.

– Berlin ist 'ne Scheibe. Zwanzig Höhenmeter mehr als der Rest, und du hast die ganze Stadt unter dir.

Die Teerpappe war noch warm. Jan konnte sie mit dem Finger eindrücken, und nach einer Weile klebte die Hose fest. Sie tranken den mittelmäßigen Wein und rauchten mittelstarke Zigaretten. Jule wurde nachdenklich. Das machte das Panorama. Jan kannte das schon.

– Wegen dem, was du vorhin gesagt hast, fing sie an, im Zelt … Von wegen, daß ich bald an gar nichts mehr glaube … Ich weiß auch nicht, was ich machen soll. Früher hatte ich viel mehr Drive, weißt du? Da hab ich mich nie so scheiße und ausgelaugt gefühlt.

Jan wußte, wie es war, wenn man ständig seinen eigenen Willen unterdrückte und nur das machte, was andere von einem erwarteten. Wenn man nicht höllisch aufpaßte, wurde es zur Depression.

– Wie war's denn bei dir? fragte Jule.

– Du meinst im Heim?

– Hm-m.

Jan teilte den Rest der Flasche unter ihnen auf und zog sich eine Zigarette aus Jules Packung.

– Ich hab gelesen.

– Sonst noch was? fragte Jule.

– Nicht viel, sagte Jan. Im Ernst: Jahrelang hab ich nur gelesen, wie so ’n Irrer. Saß in meinem Zimmer und hab gelesen. Und irgendwann hieß es dann, ich sei hoch begabt, naturwissenschaftliches Talent ... Naja.

Er blies den Rauch über die Stadt und betrachtete sie durch den Schleier. Im Mondlicht sah sie wie ein Traum aus.

– Eines Tages wurde ich dann von einem Professorenehepaar adoptiert. Als Heimkind denkst du natürlich, so ’ne richtige Familie – das ist das Größte. Ich meine, das Gerücht wird ja auch systematisch verbreitet. Also hab ich alles versucht, um meine neuen Eltern glücklich zu machen.

Der Schleier hatte sich verzogen.

– Es war die Hölle, sagte Jan. Die wollten mich nur zum Angeben. Damit jeder sehen konnte, was für Gutmenschen sie waren. Ich sollte überall der Beste sein. War ich aber nicht. Dann haben sie angefangen, mir zu erzählen, daß ich ohne sie ein Nichts sei, daß sie mich aus der Gosse geholt hätten und ich verdammt noch mal dankbar zu sein hätte.

Jan blies noch ein bißchen Rauch über die Stadt – mit Schleier ging es heute eindeutig besser.

– Irgendwann hab ich mir dann das neue Auto von meinem lieben Papi – er hat echt darauf bestanden, daß ich Papi zu ihm sage – hab mir also sein Auto gekrallt, bin besoffen durch die Gegend gefahren und hab es gegen einen Baum gesetzt. Danach durfte ich wieder ins Heim.

Jan drückte die Zigarette in die Teerpappe, bis er auf einer Holzlatte ankam und sich ein Splitter in seinen Daumen bohrte. Es war zum Kotzen: Immer, wenn er dachte, es würde ihm nichts mehr ausmachen, kam die Geschichte wieder hoch und schnürte ihm die Kehle zu. Er leckte das Blut ab und zog mit den Zähnen den Splitter aus der Fingerkuppe.

– Jetzt du, sagte er. Los, dein großes Kindheitstrauma.

Jule zuckte mit den Schultern.

– Puuh. Keine Ahnung ... Vielleicht ... Durchschnittlichkeit. Meine Eltern jedenfalls waren nicht ehrgeizig. Ich glaube, die waren einfach nur ... unterwürfig. Mein Vater bei seinem Chef, meine Mutter bei meinem Vater. Die haben nichts begehrt. Ganz normal eben. Wie alle.

Jule trank ihr Glas aus.

– Nur wollte ich nicht so sein wie alle.

Jan saß da und sah auf die Stadt. Jule spürte, wie es in ihm arbeitete, sie konnte es hören. Wie ein Kühlschrank, wenn der Generator ansprang. In Wirklichkeit war es natürlich das Brummen der Stadt, das zu ihnen heraufdrang.

– Ist irgendwie schwierig geworden zu rebellieren, oder? sagte Jan. Früher reichten lange Haare und ein Joint und schon hattest du das Establishment gegen dich. Heute gibt's alles, was mal subversiv war, im Laden zu kaufen: Du kannst Mitglied in der »Jungen Union« sein und mit 'nem Che-Guevara-T-Shirt rumlaufen, und keiner stört sich dran – nicht mal der Ortsvorstand.

– O Gott, das ist das Ende, rief Jule.

Jan sah sie erstaunt an.

– Wenn's nicht mal den Ortsvorstand stört ...

Er lächelte.

– Du sagst es. Und die Zeit läuft gegen dich ...

Auch wenn Jule Jans Gedanken nicht immer folgen konnte, eines spürte sie von Mal zu Mal deutlicher: Er sprach Dinge aus, die sie schon lange so gefühlt, für die sie aber nie die richtigen Worte gefunden hatte. Seit Jahren hatte sie das Gefühl, die Zeit arbeite gegen sie, aber warum war das so? Und wie kam er jetzt darauf?

Sie versuchte, sich zu konzentrieren, aber der Champagner und der Wein machten es nicht eben leichter.

– Im allgemeinen läuft es doch so, sagte Jan, die Leute rebellieren ein bißchen, kriegen was auf's Dach, und wer nicht sofort den Schwanz einzieht, läßt sich kaufen oder mit leeren Versprechungen abspeisen. Zum Schluß sitzen sie alle zu Hause vor der Glotze und warten darauf, daß irgendwas von den Versprechungen wahr wird.

Es stimmte. Jan hatte recht. Und jetzt wußte Jule auch, woran es lag, woher dieses Gefühl kam, daß die Zeit gegen sie lief.

– Und weißt du was? sagte sie, das ist genau das, was mir so angst macht. Als wäre das der natürliche Prozeß des Menschen ... Aufbegehren, wenn man jung ist, und sich dann nach und nach fertigmachen lassen von den Sachen, die man früher gehaßt hat.

Wie oft sie das schon erlebt hatte! Selbst ihr Onkel, der damals in der Studentenbewegung aktiv gewesen war und alles hatte anders machen wollen, war heute Kunstgeschichtsprof, ein Puzzlestein des Systems, das er hatte revolutionieren wollen. Am liebsten saß er auf seiner Hütte in den Bergen und hatte seine Ruhe. Umgekehrt genauso: Von Jules Vater, der, seit sie denken konnte, noch nie etwas anderes gemacht hatte, als Anweisungen entgegenzunehmen, gab es ein altes Foto, das ihn auf einem Motorrad zeigte, die Zukunft im Blick, die Welt zu Füßen.

Jule mußte schon seit einiger Zeit kleine Fitzelchen aus der Teerpappe gefriemelt haben. Die Kante war ganz ausgefranst und ihre Fingernägel schwarz.

– Manchmal weiß ich echt auch nicht mehr, warum ich das mache. Jede Demo, jede Aktion … Alles wird aufgefressen durch diese ewigen Diskussionen. Was darf man? Was darf man nicht?

Jule dachte an die Sweat-Shop-Aktion, die nicht ordnungsgemäß abgesprochen gewesen war.

– Ich hab's echt satt, sagte sie – diese Selbstzerfleischungen. Die Großkonzerne, Leute wie Hardenberg, die die Menschen auspressen wie Zitronen – *das* sind die Gegner, *die* muß man bekämpfen, und zwar gemeinsam. Statt dessen wird alles totgeredet … zum Kotzen.

– Mit den großen Revolutionen …, sagte Jan und überzog die Stadt mit Nebel. Also einzeln, für sich, haben sie nicht funktioniert. Aber das Wichtigste ist doch, daß die besten Ideen überlebt haben … Und so ist das auch mit den privaten Revolten. Was davon gut ist und *in dir* überlebt – das macht dich stärker, entschlossener. Und irgendwann merkst du plötzlich, was für dich wichtig ist und worauf du verzichten kannst, und deine ganze Wut, von der du jetzt Depressionen kriegst, die kannst du dann kanalisieren …

Er sah Jule an und lächelte.

– Man rennt nicht mehr gegen Wände, sondern sucht sozusagen die Tür.

Jule betrachtete die Stadt. So, wie Jan darüber sprach, klang alles ganz logisch und selbstverständlich und … klar. Als könne es gar nicht anders sein. Nur: Für Jule galt das irgendwie nicht. Jan mochte einen Weg gefunden haben, Türen zu öffnen, aber für Jule gab es nur Wände. Und mit den Revolten war es auch vorbei, der Feind war unangreifbar geworden – im Großen wie im Kleinen.

– Aber was ist mit den ganzen Leuten da unten? fragte

Jule (Julia Jentsch), Peter (Stipe Erceg) und Jan (Daniel Brühl) 1

2

4

5

6

10

Justus Hardenberg (Burghart Klaußner)

14

Regisseur Hans Weingartner (links)

sie. Meinst du, da werden gerade irgendwelche Revolten angezettelt?

– Um ... Jan sah auf seine Uhr. Viertel vor elf? Die hocken alle vor der Glotze. Da bleibt nicht viel Zeit für revolutionäre Gedanken.

Wahrscheinlich hatte er recht. Omo oder Persil, Visa oder MasterCard, Puma oder Nike – das war die Freiheit, die sie noch hatten.

– Daß ich mit dem allem nichts zu tun habe, sagte Jule, ist gar nicht das Problem, das Problem ist ... daß ich nirgendwo etwas sehen kann, woran ich wirklich glaube.

Jan nickte. Jule sah ihn an.

– Weißt du, was man dagegen tun kann?

– Ich kenne jemanden, der was macht, sagte Jan. Was total kleines, und wahrscheinlich ist es vollkommen sinnlos ... Aber vielleicht ist es trotzdem was, woran du glauben kannst. Ich jedenfalls tue es.

Jule hatte den Versuch aufgegeben, den heutigen Tag verstehen zu wollen. Sie saß einfach nur da und wartete darauf, was Jan als nächstes sagen würde. Aber Jan sagte nichts. Er stand auf und balancierte auf der Dachkante. Das paßte irgendwie zu ihm – auf der Kante stehen.

– Komm, ich zeig dir was, sagte er.

Jule sah zu ihm auf. Er stand seitlich hinter ihr, etwas erhöht, über ihm die Sterne, unter ihm die Stadt. Es sah aus, als schwebe er. Wäre er vom Dach gesprungen, hätte Jule erwartet, ihn fliegen zu sehen. Er streckte seine Hand nach ihr aus.

– Was ist, sagte er. Komm schon!

Jule war etwas unsicher beim Aufstehen. Die Ursache dafür konnte alles mögliche sein: das schiefe Dach, der Alkohol ...

Jan nahm ihre Hand. Es war das erste Mal, daß er sie

berührte, sie richtig anfaßte. Er hatte sie eingekleistert, sie bemalt, ihr einen Hut aufgesetzt – aber immer war etwas dazwischen gewesen: ein Pinsel, ein Stück Stoff, ein Fetzen Tapete.

Sie spürte seinen Händedruck, und sie wußte, daß ihr nichts geschehen würde, solange er ihre Hand hielt. Und dann dachte sie: Wenn er jetzt vom Dach springt, flieg ich einfach mit.

JAN saß am Steuer, und Jule platzte vor Neugier.

– Grunewald, warf ihr Jan schließlich einen Brocken hin.

– Was sollen wir denn in Grunewald?

Jan ließ sie zappeln.

– Warum rauchst du nicht noch eine? fragte er.

Es flashte ihn, sie so zu sehen: neugierig, leichtfüßig, zu allem bereit. Sie hatte alle Angst verloren. Sie strahlte.

Das hatte Jan früher schon erlebt: Wenn sie erst ihre Angst verloren hatten, begannen die Menschen plötzlich zu leuchten. Dann wurden aus Raupen Schmetterlinge. Als müßte man die Angst vor dem Fliegen nur vergessen, um es zu lernen.

Wie bei Simon: Der hatte nie befreiter ausgesehen als in dem Moment, wo sie ihn vom Bettpfosten gelöst und ihn auf den Boden gelegt hatten. Aber das war eine andere Geschichte.

Was Jule betraf: Nicht, daß sie vorgestern noch eine Raupe gewesen wäre. Aber jetzt wuchsen ihr Flügel. Das war das Problem mit den Menschen: Sie hatten einfach zuviel Angst. Zu viele Raupen, zu wenig Schmetterlinge.

– Und jetzt? fragte Jule.

Jan war nach einer Dreiviertelstunde Fahrt in eine kleine Sackgasse eingebogen und hatte den VW-Bus unter einer Linde am Straßenrand geparkt. Er machte das Licht aus. Weiter vorne beleuchtete eine einsame Laterne den Wendeplatz. Die Blätter raschelten schläfrig, sonst regte sich nichts. Es roch nach Wasser. In der Nähe mußte ein See sein, der Wannsee vermutlich.

– Was sollen wir denn hier? fragte Jule.

Jan legte den Finger auf den Mund, wie im Supermarkt, als der Junge ins Zelt geguckt hatte.

– Pssst! Wir verstecken uns.

Er kletterte nach hinten durch und zog die Vorhänge zu. Jule verstand gar nichts. Peter hätte sie jetzt auf die Matratze gezogen und mit ihr geschlafen, aber Jan ...

– Worauf wartest du? kam es von hinten.

Jule zwängte sich zwischen den Sitzen durch und setzte sich zu Jan. Der schaltete den Monitor ein, einen kleinen Kasten, der am Fußende der Matratze stand. Es erschien die Villa, der gegenüber sie geparkt hatten. Jule suchte nach einer Frage, wußte aber nicht, wo sie anfangen sollte. Jan kam ihr zu Hilfe.

– Was machen Peter und ich, wenn wir nachts unterwegs sind?

– Ihr klebt Plakate, sagte Jule.

Sie sah Jan an, der den Mund verzog.

– Okay, sagte Jule, ihr klebt keine Plakate.

– Sorry, sagte Jan.

Jule saß vor einer Gleichung mit mehreren Unbekannten. Sie nahm einen zweiten Anlauf.

– Okay, ihr klebt also keine Plakate. Statt dessen ... macht ihr es euch im Bus gemütlich und ... Jule warf einen Blick auf den Monitor ... beobachtet Straßen, in denen es möglichst wenig zu beobachten gibt.

Jan deutete auf den Monitor.

– Siehst du die Villa da?

– Kann man ja schwer dran vorbeisehen.

Jan grinste verschwörerisch.

– Die gehört Frau Professor Doktor Leonhardt.

– ...?

– Sie ist Hauptaktionärin eines Pharma-Konzerns, der im Auftrag von Kosmetikartikel-Herstellern aus aller Welt Cremes und Püderchen entwickelt. Ihr Institut sitzt in China – ein Ding so groß wie das Pentagon –, und warum sitzt das in China? Weil sich da niemand dafür interessiert, wie wenig ihre Angestellten verdienen und wie viele und welche Tiere sie für ihre Forschungen verheizt.

– LOOX-AG, sagte Jule. Kenn ich.

Sie blickte auf den Monitor, als habe sie etwas übersehen, und dann wieder zu Jan: Dem sprudelte die Pointe gleich aus den Ohren.

– Und? fragte Jule, um ihn zu erlösen.

– Wird das erste Mal sein, daß wir bei einer Frau einbrechen.

Jule blieb kurz die Spucke weg, dann lachte sie.

– Na klar.

Jan blieb unbeirrt.

– Der Witz an der Sache ist, wir brechen ein, aber wir klauen nix. Wir verrücken nur die Möbel. Dann legen wir eine Botschaft hin: »Die fetten Jahre sind vorbei« oder auch: »Sie haben zuviel Geld. Die Erziehungsberechtigten«.

– Und wozu das Ganze?

– Weil sie mal langsam anfangen sollen, ein bißchen Schiß zu kriegen in ihren privaten Hochsicherheitszonen. Weil das das gruseligste Gefühl ist, das es gibt: Nach Hause zu kommen, und jemand war in der Wohnung. Dieser jemand hat dich beobachtet und wird es auch weiterhin tun. Und er hinterläßt eine Warnung.

Jule nagte an ihrer Unterlippe.

– Okay, und warum räumt ihr die Villen nicht einfach aus und gebt alles den Armen?

– Einbrecher sind sie gewohnt. Wir wollen aber, daß sie Schiß kriegen. Sie versuchen sich einzureden, daß es nur ein paar Irre waren. Aber wenn sie das nächste Mal am Bankschalter stehen, dann flüstert eine Stimme in ihrem Kopf: ›Du hast zuviel Geld.‹ Und in diesem Moment sind sie ganz allein. Dann kann ihnen keiner helfen, ihre Frau nicht, ihr Geld nicht, und die Scheißbullen schon gar nicht. Und dann kommt der schlimmste Moment in ihrem Leben: Sie fangen an, über sich selbst nachzudenken.

Jule war still geworden.

– Du meinst, bloß weil ich zuviel Wein getrunken habe und Champagner und ... weil heute Vollmond ist ... kannst du mir alles erzählen.

Jan stand auf, kramte die schwarze Werkzeugtasche aus dem Seitenfach des Camping-Aufsatzes und wuchtete sie neben Jule auf die Matratze. Jule starrte sie an wie die Büchse der Pandora.

Jan versuchte cool zu bleiben. Er wollte nicht wie ein Angeber aussehen. Es ging um die Sache, nicht darum, etwas darzustellen. In einer entfernten Ecke seines Gehirns warnte ihn eine Stimme, es nicht zu tun, Jule nicht einzuweihen. Eine andere, stärkere Stimme jedoch sagte: Wenn einer ein Kandidat für die Erziehungsberechtigten war, dann Jule. Daß er es trotzdem genoß, ihr fasziniertes Gesicht zu sehen, und was das bedeutete, verdrängte er für den Augenblick.

– Mach auf, sagte er.

Jule zog unsicher den Reißverschluß auf. Latex-Handschuhe, Glasschneider, Masken, Nachtsichtgerät, Sperr-Pistole ... Eine professionelle Einbrecher-Ausrüstung.

Jule nahm mit spitzen Fingern einen Handschuh aus der Tasche und betrachtete ihn.

– Es ist wahr, ne? Ihr macht das wirklich.

Der Zweifel in ihrem Gesicht wurde von ungläubigem Staunen abgelöst. Und Stolz. Sie ließ den Handschuh hin- und herschwingen.

– Jan und Peter … Unglaublich!

Sie nahm den Handschuh wie ein Gummiband, spannte ihn über den Daumen und ließ ihn durch den Bus fliegen.

– Das ist geil, schrie sie. Das ist so geil! Das ist mit Abstand das Geilste, was ich je gehört habe!

Sie nahm den zweiten Handschuh und ließ ihn hinterherfliegen.

– Ihr seid so scheiße cool! Ich kann's nicht fassen! Jan und Peter … meine kleinen Jungs … Ich meine, ich … glaub's einfach nicht! Ich racker mich ab auf meinen Demos und ihr … ihr macht einfach so was … Cooles. Das gibt's doch überhaupt nicht!

Wäre Jule nicht Peters Freundin gewesen, dann hätte er jetzt versucht, sie zu küssen. Vielleicht. Vielleicht auch nicht. Wahrscheinlich eher nicht. So weit brachte er sich dann doch nicht. Ist auch egal – war ja Peters Freundin.

Jule war still geworden. Sie starrte eine Zeitlang auf den Monitor, dann rief ihr das Geräusch eines vorbeifahrendes Autos die Welt in Erinnerung zurück.

– Sag mal, setzte sie an, wo sind wir hier eigentlich? Ist hier irgendwo der Wannsee?

– Hinterm Haus, sagte Jan. Die Puderquaste hat ihre eigene Anlegestelle.

– Die Straße dahinten, sagte Jule, aus der wir abgebogen sind … Wie heißt 'n die?

– Finkenbacher Straße, sagte Jan. Wieso?

Jule ließ den Vorhang los und starrte Jan entgeistert an.

– Das gibt's doch nicht!

– Was? fragte Jan.

– So eine Scheiße!

Innerhalb von zwei Sekunden war sie völlig außer sich:

– Das glaub ich einfach nicht! Scheiße noch mal!

– Was ist denn los?

Jule kletterte aufgeregt nach vorne auf den Beifahrersitz.

– Komm mal, rief sie. Schnell. Bitte!

Jan stieg auf den Fahrersitz. Jule sah ihn eindringlich an und ruderte mit den Armen. Offenbar fehlten ihr gerade die Worte, ihm zu sagen, er solle den Bus starten.

Sie gestikulierte Jan um die Ecke, erst links, runter, dann nein, falsch, drehen, zurück, weiter, noch ein Stück, da!, das ist es!, halt, stopp, hier ran!

Die Villa, die Jule meinte, verkehrte in denselben Kreisen wie die von der Puderquaste. Wahrscheinlich trafen sich die beiden regelmäßig zum Garagengolf und hatten jeder eine Doppelhaushälfte als Balljungen. Jules Augen glänzten vor Zorn. Jan wartete einfach.

– 93 426 Tacken, sagte Jule gedehnt.

Jan sah sie an.

– *Da* wohnt …

– Hardenberg.

– … Hardenberg.

Jule ließ sich in den Sitz sinken.

– Ob das für einen Hubschrauber-Landeplatz reicht? fragte sie. 93 426 Euro.

– Hat er bestimmt schon, sagte Jan.

Jule trommelte mit zwei Fingern einen Stakkato-Rhythmus auf dem Armaturenbrett – tapp-tappitapp-tappitapp-tappitapp – … tappitapp-tappitapp-TAPPITAPP!

– Den würde ich mir ja gerne mal aus der Nähe ansehen, sagte sie.

– Vergiß es, sagte Jan, aber da stand Jule schon vor ihm auf der Straße und rief:

– Los, komm! Nur mal kurz gucken. Bitte! Sei kein Spielverderber!

Die Vorstellung, bei Hardenberg einzubrechen, ihn, wenn auch nur für einen unbemerkten Augenblick, in der Hand zu haben, schien bei Jule einen Begeisterungssturm zu entfachen. Es war kindisch, und ansteckend, und, naja, sexy war es auch.

Es wäre aussichtslos gewesen, Jule von ihrem Vorhaben abbringen zu wollen. Genauso aussichtslos wie für Jan, zu glauben, er hätte eine andere Wahl, als ihr zu folgen. Selbst wenn Jule ihn gebeten hätte, den Mond mit einem Kescher einzufangen, hätte Jan schließlich gesagt:

– Scheiße, also gut.

Eine schlechtere Nacht, um sich unbemerkt ein Haus anzusehen, konte es kaum geben. Der Mond leuchtete so hell, daß sogar die Boote auf der gegenüberliegenden Seite des Sees zu erkennen waren.

Das Wasser war viel wärmer, als Jan erwartet hatte. Außerdem mußten sie nicht tief hinein, um an dem stachelbewehrten Zaun vorbeizukommen. Nur bis zu den Knien. Sie liefen in geduckter Haltung ein Stück den Zaun entlang die Wiese hinauf und postierten sich unter einem Baum. Hardenberg hatte tatsächlich beleuchtete Statuen im Garten!

– Was für eine Hütte! ächzte Jule. Und dieses Riesengrundstück! Wozu braucht so jemand ausgerechnet *mein* Geld?

Jan hatte das Nachtsichtgerät mitgenommen und suchte die Villa nach Kameras und Bewegungsmeldern ab.

– Leute wie *der* kriegen den Hals nie voll. 100 000 Euro haut der für einen Urlaub auf Mauritius raus oder für das Auto seiner Geliebten.

– Kann ich mal? fragte Jule.

Jan gab ihr das Nachtsichtgerät.

– Die Jalousien sind alle unten, sagte Jule.

Das hatte Jan auch schon bemerkt, es aber vorsichtshalber nicht erwähnt. Er ahnte, was als nächstes kommen würde.

– Du, die sind garantiert im Urlaub!

Na bitte.

– Nur, weil die Jalousien unten sind, müssen die noch lange nicht im Urlaub sein.

Jule nahm das Nachtsichtgerät herunter und sah Jan an.

– Der Typ hat 'ne Frau und zwei Kinder, wie sich's gehört. Und es sind Ferien. Und die Jalousien sind runter ... Die sind *garantiert* im Urlaub!

– So sicher ist das nicht ...

Und wieder ahnte er, was als nächstes kommen würde.

– Wenn du jetzt einsteigen wolltest, fragte Jule, während sie weiter das Haus durch das Nachtsichtgerät inspizierte, wo würdest du reingehen?

– Denk nicht mal drüber nach, knurrte Jan.

– Ja ja. Nur mal angenommen, du wolltest: Wo würdest du reingehen?

– Keine Ahnung. Müßte ich mir genauer ansehen ... Eins von den Kellerfenstern wahrscheinlich. Aber nicht von der Rückseite – da sind Bewegungsmelder.

Jule sah ihn flehentlich an.

– Können wir näher ran?

– Wenn's unbedingt sein muß ... Aber wir müssen am Zaun bleiben. Nicht weiter als die vorderen Bäume, sonst geht hier das Flutlicht an.

Sie schlichen sich bis auf Höhe der Villa am Zaun entlang. Jule war kaum zu bremsen.

– Sieh mal, sagte sie und deutete auf ein Kellerfenster in einem versteckten Winkel der Fassade. Das wär doch ideal zum Einsteigen, oder? Total blickdicht.

– Ja, vielleicht …

Im Mondlicht sah diese Seite der Villa wie eine gespensterhafte Fratze mit schiefsitzendem Hut, fensterförmigen Augen und einem löchrigen Mund aus. Schweigen. Vorahnung, die dritte.

– Laß uns reingehen, flüsterte Jule. Bitte!

– Auf keinen Fall, sagte Jan und versuchte zu klingen wie ein Fels.

– Jan, bitte! Ich muß da einfach rein. Du bist doch Profi … Nur ganz kurz.

– Jule, das geht nicht! Das ist viel zu riskant! Die können jederzeit nach Hause kommen. Bevor wir das Haus nicht wenigstens ein paar Tage beobachtet haben, passiert hier gar nichts.

– In ein paar Tagen sind die vielleicht schon längst wieder zurück. Jan! Bitte! Wir müssen da heute nacht rein. Ich spür das einfach …

»Ich spür das einfach …« Na wenn das kein guter Grund war …

– Wir wissen nicht mal, was für eine Alarmanlage die haben, protestierte Jan. Bei einer anderen als Naziboing wüßte ich gar nicht, wie ich die knacken sollte …

– Hast du nicht gesagt, ihr habt 'ne Liste?

– Hab ich.

– Ist die im Bus?

– Ist sie.

– Kannst du da nicht nachsehen?

Jan schnaufte.

– Kann ich.

Eigentlich war die Wahrscheinlichkeit, daß sie Hardenberg mit auf der Liste haben würden, nicht sehr groß. Aber bereits auf dem Weg zurück zum Bus kroch Jan so eine Ahnung das Rückgrat hinauf – der Name kam ihm bekannt vor, als hätte er ihn schon einmal gesehen oder gehört haben müssen –, und als ihm die Zeile »Hardenberg, Justus«, samt der dazu gehörigen Adresse und seiner Master-Pin (93844861) in die Augen sprang, war es fast schon eher eine Bestätigung als eine Überraschung.

– Da! Das ist er, stimmt's, rief Jule begeistert. Ihr habt ihn! Das ist er doch, oder?

Wie war das noch gleich: Es wäre aussichtslos gewesen, Jule von ihrem Vorhaben abbringen zu wollen. Genauso aussichtslos wie für Jan, zu glauben, er hätte eine andere Wahl, als ihr zu folgen.

– Stimmt, sagte er.

JAN schien gar nicht nervös zu sein. Eher so, wie sich Jule einen Chirurgen vor einer Operation vorstellte: Sachlich, konzentriert, »in charge«. Ihr selbst rutschten dagegen vor Nervosität fast die Handschuhe von den Händen. Er setzte den Saugnapf an, umkreiste ihn mit dem Glasschneider wie mit einem Zirkel und zog ein tellergroßes Stück Glas aus der Scheibe. »Klick« – mehr nicht. Es war ein Doppelfenster. Das zweite Loch machte er etwas kleiner: »Klick«.

Jan drückte Jule die Busschlüssel in die Hand. Er beugte sich ganz nah zu ihr rüber, seine Lippen berührten ihr Ohr.

– Ich mach jetzt das Fenster auf, hörte sie ihn flüstern. Danach hab ich fünfundvierzig Sekunden, um den Steuerungskasten zu finden und die Anlage zu deaktivieren. Wenn hier *irgendwas* passiert, die Lichter angehen oder eine Sirene oder ich nach zwei Minuten nicht wieder zurück bin, dann läufst du zum Bus und haust ab. Ist das klar?

Statt einer Antwort schluckte Jule nur. Jan schnallte sich das Nachtsichtgerät um, öffnete das Fenster und sprang in ein dunkles Nichts.

Der Boden unter Jules Füßen schwankte etwas. Sie hockte sich neben den Schacht, den Rücken gegen die Mauer gelehnt. Sich hinzusetzen wagte sie nicht.

Ein Fuchs tauchte neben ihr auf, lautlos, nicht viel mehr als eine Armlänge entfernt. Als er Jule bemerkte, blieb er stehen und sah sie an. So stand er, bewegungslos, ausdruckslos, als würde er Wache halten, vielleicht an der Pforte, die zu jener anderen Seite führte – The other side. Jules Atem setzte aus, und vielleicht hörte auch ihr Herz auf zu schlagen.

– Komm, sagte der Fuchs mit heiserer Stimme.

Jule konnte keinen Finger rühren.

– Was ist? Komm rein!

Jan stand am Fenster. Er lächelte.

– Wir müssen echt durchgeknallt sein, sagte er.

Jule blickte sich um. Der Fuchs war verschwunden. Jule stieg durch das Fenster und stieß mit dem Knie gegen etwas Hartes. Ungefähr eine Sekunde später zersprang eine Flasche auf dem Fußboden. Panik schnürte ihnen die Kehlen zu.

– Du bist wirklich die geborene Einbrecherin, flüsterte Jan.

Er schaltete die Taschenlampe ein und leuchtete auf den Fußboden.

– 94er Yquem, sagte er. Volltreffer. Wieviel, hast du gesagt, schuldest du dem Sack?

– 93 426.

– Mach 93 600 draus.

– Was denn, sagte Jule empört. Hundertsiebzig Tacken für 'ne Flasche Wein?

– Ist nur 'ne grobe Schätzung, sagte Jan. Für *die* eher mehr.

– Gib mir mal die Taschenlampe.

Jule leuchtete in das Regal, aus dem die Flasche gefallen war. Von der Sorte gab es da noch mindestens ein Dutzend. Sie zog zwei heraus und ließ sie auf den Boden krachen. Tat gut.

– Was soll das? fragte Jan.

– Ich dachte, wir runden den Betrag auf.

Jan nahm ihr die Taschenlampe aus der Hand.

– Jule?

– Ja?

– Kannst du das *bitte* irgendwo machen, wo nicht das Fenster offen steht?

– Scheiße. Hatte ich vergessen. Sorry.

Jan führte sie nach oben in einen Raum, der sehr groß sein mußte. Die Geräusche, die sie machten, kamen von weit hinten zurück. Plötzlich ging das Licht an. Jule schrie auf. Jan stand grinsend hinter ihr an der Schalttafel.

– Keine Angst, ist unauffälliger als flackernde Taschenlampen.

Jule hatte nicht geglaubt, daß es Luxus in dieser Form wirklich gab – im echten Leben. Hardenbergs Fernseher war größer als ihr alter Kühlschrank, und sein Kühlschrank so groß wie Peters VW-Bus. In dem Teppich vor der Sofa-Gruppe hätte man Versteck spielen können. Der Kaminsims wurde von zwei marmornen Jungfrauen getragen.

Oben, im ersten Stock, gab es vier Badezimmer, eins davon in türkisfarbenem Marmor. Wenn man die Tür aufmachte, ging automatisch das Licht an. Die meisten Zimmer im Obergeschoß wurden offenbar gar nicht bewohnt. Jedes war in einer anderen Farbe gestrichen: rosa, lindgrün, beige … Die Farbe der Möbelbezüge auf die Wände abgestimmt, die Wände auf die Teppichböden, die Teppichböden auf die Schondecken …

Jan sah aus, als hätte er schon eine Weile nach ihr gesucht, als er in das Schlafzimmer kam. Jule saß auf der Bettkante im blauen Zimmer und starrte einen grauenvoll kitschigen bleikristallenen Aschenbecher an, den sie im Schoß hielt.

– Wo steckst du denn? fragte Jan. Was ist?

Dann sah er es.

– Weinst du etwa?

Jules Tränen plitschten in den Aschenbecher, wie aus einem tropfenden Wasserhahn.

– *Wer* braucht so was, sagte sie und starrte wieder auf den Aschenbecher in ihrer Hand. Ich bin nicht mal neidisch, Jan. Ehrlich. Von dem ganzen Scheiß würde ich nichts geschenkt haben wollen. Es ist einfach nur … abartig.

Jan nahm ihr den Aschenbecher aus dem Schoß.

– Willst du mal was wirklich *Abartiges* sehen?

Er führte sie so lange durch die Villa, bis Jule jede Orientierung verloren hatte und sie vor einer Brandschutztür mit der Aufschrift »Garage« angekommen waren. Offenbar mußte Hardenberg die vielen Türen in seiner bescheuerten Villa beschriften, um zu wissen, was dahinter war. Jan drückte die Klinke und ließ die Tür aufschwingen. Wie im Bad ging auch hier das Licht automatisch an.

Die Garage war sehr geräumig, trotzdem war nicht viel Platz, denn da standen: ein Bentley, ein Mercedes 500 und ein Porsche Cayenne.

Jule schloß die Tür. Sie hatte genug gesehen.

– Laß uns ein bißchen Unordnung machen, sagte sie.

Sie machten eine Menge Unordnung. Und ganz gegen Jans Gewohnheit ließen sie sich Zeit dafür. Zwischendurch tranken sie 94er Yquem aus der Flasche, und Jule versuchte herauszuschmecken, was daran hundertsiebzig Euro wert sein sollte.

– Und? fragte Jan.

Jule reichte ihm die Flasche.

– Könnte kälter sein, sagte sie.

Sie türmten die Möbel des Wohnzimmers zu einer riesigen Pyramide auf. Als sie fertig waren, stand nur noch ein cremefarbenes Sofa im Raum, das ganz verloren aussah. Sie setzten sich und betrachteten ihr Werk.

Jule fand es gelungen – ein Berg aus Luxus, bewacht von vier mannshohen B&O-Boxen. Oben, auf der Spitze, einen Arm an der Decke, übergoß eine Designerlampe das Ensemble mit sanftem Licht.

Jule drehte die Flasche um und ließ die letzten Tropfen auf das Parkett rieseln.

– Können wir von denen eine mitnehmen? fragte sie. Ich glaub, ich muß den noch mal kalt probieren.

– Gegen die Regeln, sagte Jan. Geklaut wird nicht.

– Und was ist mit *der* hier? Haben wir die etwa nicht geklaut?

Jan grinste.

– Ich bitte dich, wir sind doch hier zu Gast!

Er stand auf und versuchte, den Umschlag mit ihrer Nachricht auf dem Bildschirm des Fernsehers abzulegen, ohne dabei die Pyramide zum Einsturz zu bringen.

– Das war's, sagte er. Laß uns abhauen. Wir sind schon viel zu lange hier.

– Jan?

Er sah sie unsicher an: Was denn jetzt noch?

– Ich bin noch nicht … befriedigt, sagte Jule. Laß uns noch was Heftigeres machen. Bitte! Das Arschloch hat mir mein Leben versaut.

Jan sah sich um. Nicht mal mehr die Bilder hingen an den Wänden. Jule stellte sich auf das Sofa, einen Fuß auf der Lehne.

– Laß uns die Couch in den Pool schmeißen!

Jan zeigte ihr einen Vogel.

– Ich bin doch nicht zum Arbeiten hergekommen! Das Ding kriegen wir nicht mal die Treppe runter.

Jule grinste verschwörerisch.

– Wetten?

– Um was?

Einen Kuß, dachte Jule. Nur so.

– 'ne Flasche 94er Ükem, oder wie das Zeug heißt, sagte sie.

Jan verlor die Wette. Sie schrammten ein paar Löcher in die Seidentapete, schafften es aber mit dem sperrigen Ledermonster bis in den Keller.

Nach allem, was sie bisher gesehen hatten, war der Pool beinahe eine Enttäuschung, höchstens so groß wie die Garage. Aber draußen gab es ja noch einen. Und wem der nicht groß genug war, der konnte in den Wannsee springen. Und wem der nicht groß genug war, der nahm die Yacht und fuhr aufs Meer.

Sie balancierten das Sofa den Beckenrand entlang.

Jule:

– Eins!

Jan:

– Zwei!

Bei »Drei!« klatschte das Sofa geräuschvoll ins Becken, aber erst, nachdem Jan sein Gleichgewicht verloren und selbst reingefallen war. Jule pinkelte sich vor Lachen beinahe in die Hose. Jan fluchte, als er wieder auftauchte. Das Sofa schwamm neben ihm, als habe er damit Schiffbruch erlitten.

Jule konnte nicht aufhören zu lachen, und wahrscheinlich war das der Moment, wo plötzlich alles egal war, und die Gefahr sich davonschlich wie ein ungebetener Gast, sich draußen auf den Steg kauerte und Steinchen ins Wasser warf. Jule war berauscht von diesem Tag, von dem

94er Yquem und davon, daß sie Hardenbergs Festung eingenommen hatten. Und weil dieses Gefühl irgendwohin mußte, juchzte sie auf und sprang zu Jan in den Pool.

Sie spritzten sich naß und tauchten sich gegenseitig unter. Plötzlich schwamm ein angebrochenes Päckchen Kaugummi auf dem Wasser und daneben ein gefaltetes Stück Papier, das sich bei näherem Hinsehen als Foto erwies. Und als Jule es auseinanderfaltete und sich selbst darauf sah, in die Kamera lachend, mit Tapetenhut, vor der Wand, auf die Jan gestern mittag »Jedes Herz ist eine revolutionäre Zelle« geschrieben hatten, da kapierte Jule gar nichts mehr, denn das hieß, das Jan irgendwann zwischen gestern und heute noch den Film entwickelt und das Foto, das Beweisfoto, wie er es genannt hatte, eingesteckt haben mußte – um es bei sich zu haben, einen anderen Grund konnte es nicht geben, in 13 x 18, mit weißem Rand – und mehr gab es eigentlich nicht zu sagen.

Jule weigerte sich, darüber nachzudenken.

– Hey, das bin ja ich, rief sie. Wo kommt denn das her?

Das erste war eine alberne Feststellung, das zweite eine alberne Frage.

– Muß mir aus der Tasche gerutscht sein, nuschelte Jan. Im Wasser …

Er lief rot an, auch wenn man das nach außen hin nicht sah.

– Gib her, verlangte er.

– Hol's dir doch!

Jan jagte sie ein paar Mal um das Sofa herum.

– Jetzt gib schon her!

Sein Ton wurde etwas flehend.

– Hol's dir doch!

Jan drängte sie in eine Ecke des Pools. Und da, als sie vor ihm wegtauchen wollte und alles durcheinandergeriet, oben und unten und rechts und links und vorne und hinten, da wurde ihr klar, daß Jan gar nicht zum Lachen zumute war, weil sie sich gerade darüber lustig machte, daß er ein Foto von ihr bei sich trug, und sie tauchte wieder auf, sein Gesicht direkt vor ihrem, und sie sah in seinen Augen, daß er sich in sie verliebt hatte.

– Ach du Scheiße, sagte Jule, und dann küßte sie ihn, und irgendwie löste sich dabei der Rest dessen, was an Realität noch geblieben war, im Wasser auf.

– Warte, sagte Jan. Bin gleich wieder da.

Er stieg aus dem Wasser. Sein T-Shirt hing er über die Heizung, ganz ordentlich, fast ein bißchen spießig. Wahrscheinlich ein Relikt aus seiner Zeit im Heim. »Bin gleich wieder da« – Jule dachte immer, so etwas sagten nur …

– Mädchen, rief sie ihm nach.

Sie kletterte ebenfalls aus dem Wasser. Hardenbergs Pool war kälter als der Wannsee. Es gab ein Regal mit drei Abteilungen: Bademäntel, Handtücher, Saunaschläppchen. In allen Größen. Nach DIN gefaltet. Jule zog sich aus und nahm sich einen Bademantel. Dann holte sie eine Flasche Champagner, stieg die Treppe hinauf und versuchte, nicht darüber nachzudenken, was sie hier gerade machte und was möglicherweise als nächstes passieren würde.

Jan schien eine rituelle Waschung vorzunehmen, jedenfalls hörte Jule irgendwo Wasser laufen. Sie schritt die Kanten der Luxus-Pyramide ab, löschte das Licht und ließ die Jalousien zur Veranda hochfahren. Der Blick über die Wiese hinab zum See hatte etwas Erhabenes. Wahrscheinlich lag es an diesen beleuchteten Säulenheiligen, die im Garten herumstanden.

Jule schob die Panoramatür auf und atmete die Nachtluft ein. Sie öffnete den Champagner, trat auf die warmen Schieferplatten hinaus und trank. Mit dem großen Zeh folgte sie den Fugen zwischen den Platten bis zu der Treppe, die in den Garten hinabführte. Ihr Zeh hatte gerade die erste Stufe erreicht, als auf einen Schlag 20000 Watt Flutlicht über sie hereinbrachen. Jule schrie wie irrsinnig. Die Flasche zerplatzte eine Stufe tiefer.

Jule rannte ins Haus zurück und rief verzweifelt nach Jan. Draußen steckten sich die Hunde auf den Nachbargrundstücken gegenseitig mit ihrem Gebell an.

– Was ist das? keuchte Jule.

– 'n extra Alarm für außen, sagte Jan.

Er faßte sie an den Unterarmen. Fest.

– Du holst unsere Sachen von unten, sagte er. Beeil dich und vergiß nichts. Ich räume hier oben zusammen. Los!

Jule nickte.

– Los! schrie Jan.

Sie liefen los.

Jule riß Jans T-Shirt von der Heizung, klaubte ihr Zeug zusammen und rannte die Treppe hoch. Auf halbem Weg kam ihr Jan entgegen.

– Scheiße, das Foto! Hast du das Foto?

Es trieb im Pool. Jan mußte nochmal reinspringen. Während er die Treppe hinaufstürzte, wartete Jule schon an der Terrassentür. Die Lichter waren überall aus. Jan wedelte mit dem Foto.

Sie rannten über den Rasen, halbnackt, naß, ihre Sachen notdürftig unter den Arm geklemmt, vorbei an den Statuen, durchs Gebüsch, ins Wasser, um den Zaun herum, den Weg entlang, barfuß, hüpfend, und hasteten schließlich über die Straße zum Bus zurück.

– Der Busschlüssel, sagte Jan.

– Hab ich, sagte Jule und blickte besorgt die dunkle Straßenflucht hinunter. Die Hunde bellten immer noch.

– Was ist? fragte Jule.

– Der Schlüssel!

– Ach so, ja ... Hab ich. Ich hab ihn, warte ... Ich hab ihn, ich weiß es ...

Ihre durchnäßte Jeans war störrisch wie ein Esel.

– Hier!

Jan wendete den Bus und rollte aus der Straße. Das Licht machte er erst an, nachdem sie um die Ecke gebogen waren. Als sie die Königstraße erreichten, kam ihnen eine Polizeistreife entgegen. Jan beobachtete im Rückspiegel, wie sie in die Straße einbog, aus der sie gerade gekommen waren.

Sie fuhren fünfzig, nicht einen Kilometer schneller, und sprachen kein Wort. Den ganzen Weg die Clayallee hinauf erwartete Jule, von einem Polizeikonvoi oder einer Straßensperre gestoppt zu werden. Auf dem Hohenzollerndamm atmete sie zum ersten Mal tief durch. Am Fehrbelliner Platz fing sie an mit Schattenboxen, schob die neue »Easy To Love« von Slut rein, begann zu singen und gleichzeitig ihre Fäuste zu schwingen, und als sie auf der Yorckstraße unter den Gleisen durchfuhren und über ihnen eine S-Bahn donnerte, boxte sie auf Jans Arm wie auf einen Punchingball ein und schrie:

– Das war verdammt noch mal das Geilste, was ich je in meinem Leben gemacht habe!

Und sie dachte: Noch nie hab ich mich so lebendig gefühlt! Und am liebsten hätte sie »Danke« oder so etwas gesagt oder wäre ihm auf den Schoß gesprungen, aber das ging nicht.

Sie küßten sich noch mal, im Bus, bevor sie ausstiegen. Und Jule dachte: *So* sollte Vanille schmecken.

Dann lag sie in Peters Bett, und Jan in seinem, und das Zimmer drehte sich, und sie fragte sich, was heute passiert war. Nicht die Sache mit Hardenberg und dem Zelt und ihrer alten Wohnung, sondern was zwischen Jan und ihr passiert war. Und dann überlegte sie, ob sie jetzt froh oder traurig sein sollte, daß sie nicht mit ihm geschlafen hatte, und sie hoffte, daß es Jan nebenan nicht genauso ging und er sich dasselbe fragte – mit ihrem Bild in der Hand, das sie ihm zurückgegeben hatte, jeder in eine andere Richtung sehend, bevor sie hochgegangen waren –, sondern daß er schlief und sich nicht den Kopf zerbrach.

Es fühlte sich an, als habe Jule das Richtige getan, nicht mit Jan zu schlafen. Was auch schon wieder Selbstbeschiß war, denn sie hatte nicht »nicht« mit ihm geschlafen – dazu hatte sie gar keine Gelegenheit gehabt. Und außerdem: Das »Richtige« getan zu haben, konnte sich auch ganz schön mies anfühlen. Was für ein Chaos!

Jule stellte einen Fuß aus dem Bett. Irgendwer hatte ihr einmal gesagt, daß das half, wenn sich das Zimmer um einen drehte. Der Erfolg war bescheiden: Statt sich zu drehen, pendelte das Zimmer jetzt hin und her. Über der Frage, was morgen sein würde, pendelte Jule in den Schlaf.

HEY Alter! Wach mal auf, Mann!

Jan war noch damit beschäftigt, Raum und Zeit in einen sinnvollen Zusammenhang zu bringen, da hatte Peter bereits seine Reisetasche auf den Boden und sich auf Jans Bett fallen lassen, noch ganz berauscht, und während er Jan davon berichtete, was für ein geiler Trip das gewesen war – Barcelona, die ganze Stadt eine einzige Party, 'ne Stimmung, Mann, so was gibt's hier gar nicht – und wo er überall aufgelegt hatte, kam die letzte Nacht zu Jan zurück, erst langsam, dann immer schneller, von hinten nach vorn, reverse print order, wie sein Computer das nannte: Der Pool, Jule, das Sofa, Jule, der Einbruch bei Hardenberg, Jule, Jule, Jule, die – Jan sah sich hektisch im Zimmer um –, Gott sei Dank nicht neben ihm lag, nie gelegen hatte, auch letzte Nacht nicht, in Peters Zimmer verschwunden war wie ein Geist, der einem drei Wünsche erfüllte und dann wieder in seine Flasche zurückkehrte, auf Nimmerwiedersehen, also auch kein BH oder Slip von ihr herumliegen konnte, Jule, die sich an ihn gepreßt hatte, ihre Haut auf seiner, ihn geküßt hatte, Küsse, die Jan noch spürte, wie etwas, das sichtbar wurde, sobald man es dem Licht einer bestimmten Wellenlänge aussetzte, und Jan stellte sich vor, wie Peter einen UV-Strahler aus der Tasche ziehen, auf Jan richten und »hab ich mir's doch gedacht, du Drecksau« rufen würde, weil sein Gesicht aussähe wie ein Konfettiregen, aber Peter erzählte nur in einem fort von Barcelona und wedelte plötzlich mit einem schwarzen Negligé herum, das er für Jule mitgebracht hatte, das hieß: Es hätte schwarz sein können, wäre der Stoff nicht so dünn gewesen, daß man hindurchsehen konnte wie durch das Küchenfenster schon lange nicht mehr, und Peter sprudelte immer noch wie ein Zimmerspringbrunnen, wie teuer es gewesen war, aber es mußte einfach sein, und wollte wissen, wie es Jan gefiel, der es aus verquollenen Augen – woran dieser gottverdammte Yquem schuld sein mußte – ansah und dachte, daß, wenn er Jule, die unerreichbare Jule, die Jule von letzter Nacht, auch nur einmal in diesem Ding sehen müßte, ohne sie berühren zu dürfen, dann würde er sich aus dem Fenster stürzen, und er quälte sich ein

– Mhmja, steht ihr bestimmt gut

heraus, aber da hatte Peter es schon wieder in der Schachtel versenkt und fragte ihn, wie es mit der Renovierung gelaufen war, ob es auch keine Katastrophen gegeben hatte.

– Na ja, stammelte Jan. Wie man's nimmt.

Es klopfte an der Tür. Jule streckte ihren Kopf herein, verschlafen und schmerzhaft schön. Sie war von Peters Gepolter wach geworden, der aufsprang und sie umarmte und küßte und sie mit einem Bis-später-Augenzwinkern über die Schulter ins Nebenzimmer drängte, Anprobe, Negligé-Time, Jule, die Jan noch einen Blick zuwarf, in dem ein ganzer bitterer Kosmos von Gefühlen bequem Platz gehabt hätte, und dann – endlich – war die Tür wieder zu, und Jan ließ sich in sein Kissen sinken – und sein Elend.

Später saß er in der Küche, den Blick aus dem Fenster, schräg gegenüber die graue Brandwand, ohne Fenster, aber dafür mit Rissen darin, ein feines Adergeflecht, das sich in alle Richtungen verzweigte und bis hinauf zur Dachrinne zog, die von Rost zerfressen war und ein

Vogelnest beherbergte, was Jan bis dahin noch nie aufgefallen war, weder die Risse noch das Nest.

Jan hörte Peters Gesang im Flur, er ging ins Bad, duschen, dann Jules Schritte, die Jan suchten, in seinem Zimmer, und schließlich in der Küche fündig wurden. Jules Blick war derselbe wie vorhin.

– Ich muß dir was sagen, flüsterte sie.

Jan dachte: Wenn du mir sagen willst, daß ich mich in die Freundin meines besten Freundes verliebt habe, die gerade frisch gevögelt vor mir steht ... Das weiß ich schon.

– Ich glaub, ich hab mein Handy bei Hardenberg liegen lassen, sagte sie.

Jan fühlte das Ausmaß der Katastrophe, bevor er es begriff.

– Was?! Wie ... du glaubst?

Jule wand sich.

– Also, ich bin mir ziemlich sicher. Davor, im Bus, hab ich noch 'ne SMS gekriegt, und später hab ich's nicht mehr gesehen, ich dachte halt, es wäre unten in meinem Rucksack, aber da ist es nicht.

Peter kam aus dem Bad. Jan hatte gerade noch Zeit, Jule mit einem eindringlichen Blick zu signalisieren, daß sie Peter *auf keinen Fall* etwas davon sagen würden, jedenfalls noch nicht, da stand er auch schon in der Tür, Handtuch um die Hüfte, König der DJs.

– Na Mädels, sagte er, legte seinen Arm um Jule und verschwand gleich darauf mit ihr wieder in des Königs Schlafgemach.

Jan durchsuchte die Wohnung, krempelte den Bus um und fand ein halbes Dutzend vermißter Gegenstände. Aber nicht Jules Handy. In der Villa lagen büschelweise

Haare herum, überall hatten sie ihre Fingerabdrücke hinterlassen, dazu noch die Botschaft auf dem Fernseher. Das machte zusammen locker: Bildung einer terroristischen Vereinigung, § 129 a, zehn Jahre Knast für alle. Minimum. Vorausgesetzt, das Handy von Jule geriet den Bullen in die Finger. Und das bedeutete, egal wie lange Jan darüber nachdenken mochte: Sie mußten noch mal bei Hardenberg einsteigen.

DER Abend war so zäh, daß Peter ihn eigentlich hätte knirschen hören müssen, aber Barcelona hallte in ihm nach, und für etwas anderes als gute Laune und Musik hatte er noch keine Antennen. Jule war dankbar für seine kindliche Euphorie. So mußte sie sich keine Erklärungen für ihre verhaltene Stimmung ausdenken.

Peter hatte darauf bestanden, noch auszugehen, ins »Crash«, weil da ein Freund von ihm auflegte, der wissen wollte, wie »Barcelona« gelaufen war. Außerdem, fand er, sei seine Rückkehr ein Grund zum Feiern. An einem anderen Tag wäre sie das sicher auch gewesen.

Jan stand die meiste Zeit wie ein getretener Hund in der Ecke, oder er und Jule lehnten nebeneinander an der Wand und wußten sich nichts zu sagen. Peter checkerte in der Gegend herum und kam ab und zu vorbei. Die Musik war laut, und das war auch schon alles, was Jule darüber hätte sagen können. Zu viele Menschen, zu viel zwanghafte Anmache.

Jan und sie hatten verabredet, Peter unter irgendeinem Vorwand allein nach Hause gehen zu lassen, um dann heimlich zu Hardenberg zu fahren und das Handy zu holen. Bevor sie das nicht hinter sich hätten, wäre jedes andere Gespräch wie ein Konfirmand im Trainingsanzug. Wenn alles gut lief, der Einbruch noch nicht aufgeflogen und Hardenberg noch nicht zurück war, wäre der Spuk in zwei Stunden vorbei. Zumindest der mit Hardenberg.

Peter glaubte, den Grund für Jans introvertierte Stimmung diagnostiziert zu haben, und das Heilmittel hatte er auch gleich parat.

– Der braucht ’ne Frau, sagte er zu Jule. Echt, hey, so geht das nicht weiter.

Jule stöhnte und wußte wieder, wo das Problem zwischen Peter und ihr lag.

Sie hatte bemerkt, daß eine langhaarige Brünette auf der anderen Seite der Tanzfläche seit einiger Zeit dauernd rübersah und sich offenbar fragte, wer in ihrer Dreiergruppe zu wem gehörte. Sie war attraktiv, volle Lippen, dunkle Augen, der Typ, von dem Männer glaubten, daß er ihnen beim Sex Schweinereien ins Ohr flüsterte. Peter hatte sie natürlich auch längst registriert.

– Die sieht doch super aus, hey! Mensch, Jan, die glotzt dich doch schon die ganze Zeit an. Findste die nicht gut, oder was?

Jan nuschelte etwas vor sich hin, das Jule als

– Ja, nee, schon, klar, ist ganz süß

identifizierte.

– Warum sprichst du sie nicht an? Die wartet drauf, komm, Mann, die wartet doch nur auf dich!

– Nee, laß mal, sagte Jan.

– Soll *ich* sie für dich anquatschen? Die ist doch wirklich ’n Hammer …

– Nee …

– Warte, sagte Peter und war auf der Tanzfläche, bevor Jan ihn zurückhalten konnte.

Jan und Jule tauschten einen Blick. Jule dachte, daß, wenn sie nur halb so unglücklich wäre, wie Jan gerade aussah, sie auf der Stelle in Tränen ausbrechen würde. Sie beobachtete Peter, wie er mit »Miss Freixenet« anbandelte. Es dauerte zwei Minuten, und er hatte sie um den Finger gewickelt. So wie Jule damals. Eigentlich, dachte sie, hast du doch nur einen Vorwand gesucht, sie selbst anzuquatschen.

Schließlich zog Peter sie über die Tanzfläche und stellte sie vor Jan ab.

– Tanzen? fragte sie, und Jan schien beinahe erleichtert, denn so mußte er wenigstens nicht mit ihr reden.

Er tanzte ungelenk und lustlos, aber die Frau ließ nicht locker, schwenkte ihre braune Mähne und ihre Hüften, und Jule fragte sich, wie es möglich war, innerhalb von zehn Minuten zweimal auf dieselbe Frau eifersüchtig zu sein.

Nach einer Viertelstunde flüchtete Jan von der Tanzfläche und verkündete, daß er jetzt gehen wolle. Das war ihre Chance, Peter abzustreifen und die Sache mit Hardenberg zu erledigen. Jule machte ein migräniges Gesicht und sagte Peter, daß es ihr wirklich leid täte, aber sie heute lieber bei einer Freundin übernachten würde.

Peter schluckte es.

Jule starrte aus dem Beifahrerfenster. Zu etwas anderem war sie nicht fähig. Nicht einmal Jan konnte sie ansehen, der den Bus wortlos durch die Nacht dirigierte. »Gestern« war Lichtjahre entfernt. Das Hochgefühl, die Lust, der Triumph – alles weg. Nur die Angst war noch da.

– Scheiße, Mann. Ich weiß nicht, ob ich das kann ..., sagte Jule und hielt ihren Blick weiter aus dem Fenster gerichtet.

Sie spürte, wie Jan sie von der Seite ansah.

– Hast du etwa 'ne bessere Idee?

Die Straße sah genauso aus wie gestern, und sogar Hardenbergs Villa sah aus wie gestern. Und trotzdem ganz anders.

Die Hunde waren ruhig, kein Mond, statt dessen tiefe Wolken, der See eine schwarze Scheibe. Die Statuen hatten sich nicht bewegt. Als sie vor dem Schacht hockten und Jule die Scheibe mit dem Loch vor sich sah, bekam sie eine Panikattacke – wie eine Injektion mit etwas, von dem man nicht wußte, was es mit einem machte.

– Du, Jan … Jule rang nach Worten. Ich hab ein ganz mieses Gefühl bei der Sache.

Das half natürlich keinem weiter.

– Gestern hattest du noch ein ganz tolles Gefühl bei der Sache, sagte Jan.

– Ich weiß. Aber gestern … Jetzt hab ich einfach nur totalen Schiß …

Jan sah sie an. Ein Lächeln flog über sein Gesicht. Er hatte tatsächlich die Größe zu lächeln.

– Okay, sagte er. Ich geh alleine rein. Warte hier.

Vielleicht war es nur das, was Jule gebraucht hatte.

– Nein, sagte sie. Ist okay. Laß uns reingehen.

HARDENBERG fielen vor Müdigkeit beinahe die Augen zu. Siebenhundert Kilometer war er durch die Nacht gefahren, weil er so schnell keinen Flug mehr von München bekommen hatte. Dabei strengten ihn Nachtfahrten immer mehr an. Gerling hatte ihn angerufen, nachmittags um fünf, auf dem Privathandy, weil er ihn auf dem Firmenhandy nicht erreicht hatte.

Natürlich nicht! Hardenberg hatte sich und vor allem Rita hoch und heilig versprochen, *einmal* am Tag seine Mailbox abzuhören und die unausweichlichen Anrufe zu erledigen. Den Rest des Tages ließ er sein Firmenhandy ausgeschaltet. Also hatte Gerling ihn auf dem Privathandy angerufen. In der ganzen Firma gab es keinen Manager, der zielorientierter arbeitete als Gerling und keinen, der Hardenberg mehr auf die Nerven ging.

Rita und er hatten auf der Terrasse gelegen, Verena und Katharina waren draußen auf dem Wasser, mit diesem blasierten Ivo, dem Sohn von Herrlichs, der den Mädchen unbedingt das Wasserskifahren beibringen wollte. Alles, was Hardenberg ihn bis jetzt hatte machen sehen, war, Katharina auf den Hintern zu glotzen. Den sie ihm, das mußte Hardenberg zugeben, auch nur allzu offensiv entgegen streckte. Ebenso wie Verena übrigens, die nicht hinter ihrer großen Schwester anstehen wollte und die, fand Hardenberg, mit ihren fünfzehn Jahren eindeutig zu jung für solche Spielchen war.

Rita hatte ihnen Drinks gemacht, etwas Neues, das ihr in einer dieser Frauenzeitschriften untergekommen war, aus Champagner und Holunderblütensirup und noch etwas anderem, Limone vielleicht. Es schmeckte hervorragend, auch wenn Hardenberg seine Frau nicht gerne diesen Quatsch lesen sah, sehr erfrischend. Sie überlegten, wo sie am Abend essen gehen sollten.

Ivo kam mit seinem Boot – vielmehr: mit dem seines Vaters – vorbeigerauscht, neben ihm, stehend, die Nase im Wind und den Hintern praktisch in Ivos Hand, Verena. Katharina stand unsicher auf den Skiern, versuchte zu winken und fiel ins Wasser. Ivo drosselte den Motor und pflügte elegant einen Kreis in den See.

– Reg dich nicht auf, sagte Rita nur.

In dem Moment klingelte das Telefon. Hardenberg mußte nur

– Ja, Gerling

sagen und konnte an Ritas Reaktion ablesen, daß den Rest des Tages miese Stimmung herrschen würde, selbst wenn er sich bereit erklärte, bei diesem schmierigen Italiener essen zu gehen, der jedes Mal stundenlang an ihrem Tisch herumlungerte und die Brüste von Katharina und Verena beäugte, als sei er Ivos zweite Hälfte. Nicht daß die Stimmung vorher besonders gut gewesen wäre. Außerdem war das Essen dort mittelmäßig und überteuert. Es kam Hardenberg nicht darauf an, ob er zehn oder fünfzehn Euro für eine Suppe zahlte, nur: Wenn sie schon fünfzehn kostete, dann sollte sie wenigstens nicht schmecken wie aus der Dose.

Aber zu einem gemeinsamen Abendessen kam es nicht mehr. Gerling setzte ihn davon in Kenntnis, daß die Gerüchte, die seit einigen Wochen kursierten, sich bestätigt hatten und ein amerikanischer Konzern die Übernahme ihrer Gesellschaft plante. Noch war nichts offiziell, aber das Angebot würde kommen, und zwar bald. Und dann mußten sie vorbereitet sein. Morgen um neun war Krisensitzung – da konnte Hardenberg unmöglich fehlen. Zwei Wochen Urlaub hatten es werden sollen, jetzt wurden es mit etwas Glück noch zehn Tage. Wenn Hardenberg überhaupt noch einmal hinunter fahren konnte. Dafür also hatte er sich ein Haus am Starnberger See gekauft: Damit er dort zehn Tage im Jahr Urlaub machen und seine Töchter sich von Halbstarken auf den Arsch gaffen lassen konnten.

Hardenberg hatte die Keith-Jarrett-CD eingelegt. Als er in die Auffahrt einbog, lief gerade »Autumn Leaves«. Er drehte den Zündschlüssel, lehnte sich zurück und hörte mit geschlossenen Augen das Stück zu Ende. So war sein Leben: Herbstblätter.

Er hätte es keinem gesagt, aber beinahe war er froh, daß er den Urlaub unterbrechen mußte. Wenn er die Wahl gehabt hätte zwischen sechs Monaten Urlaub mit Rita und den Kindern oder sechs Monaten arbeiten – er hätte sich für die Arbeit entschieden. Das war es nicht unbedingt, wo man landen wollte im Leben, aber es war die Wahrheit. Er nahm an, daß es den meisten Männern so ging. Und Rita und den Mädchen ebenfalls. Denen fehlte nichts, wenn er nicht da war.

Alleine im Urlaub – das wär mal was! Inselhopping mit der Yacht, die in Spanien vor sich hin dümpelte. Wovon sie übrigens nicht besser wurde. Keine Rücksichten, keine Verpflichtungen, keine Termine, niemand, der etwas von einem wollte. Nicht einmal Karin würde er sagen, wo er war.

Karin. Seit einem halben Jahr nahm Hardenberg sich jetzt immer wieder vor, die Sache zu beenden, aber es ergab sich einfach nie die passende Gelegenheit. Wie sollte die auch aussehen? Was war schon eine passende Gelegenheit, um eine Affäre zu beenden? Außerdem war das leichter gesagt als getan. Es schmeichelte ihm noch immer, von einer Frau begehrt zu werden, die zwanzig Jahre jünger war als er – und achtzehn Jahre jünger als Rita –, die Sexappeal hatte, Männer ihre Köpfe verrenken ließ, einen festen Hintern hatte und volle Brüste.

Aber was nutzte die schönste Geliebte, wenn auch sie Forderungen stellte und Ansprüche anmeldete? Neulich hatte sie von Kindern gesprochen. Was glaubte sie? Daß Hardenberg mit sechsundfünfzig noch mal von vorn anfing, jetzt, wo seine Töchter bald aus dem Haus waren?

Sein Handy klingelte, das Privathandy. Hardenberg stand bereits mit dem Schlüssel in der Hand vor der Haustür. Das konnten nur Rita oder Gerling sein. Seine Freunde hatten es aufgegeben, sich bei ihm zu melden. Die einzigen Gründe, warum Hardenberg noch ein Privathandy hatte, waren, damit Rita ihn nicht auf dem Firmenhandy anrufen mußte, damit Karin ihn auf dem Firmenhandy anrufen *konnte*, und damit Gerling ihn erreichte, falls Hardenberg sein Firmenhandy ausgestellt hatte.

Es war Rita. Bestimmt waren sie und die Mädchen beim Italiener gewesen und gerade erst zurückgekommen.

– Wo steckst du? fragte Rita.

Sie bemühte sich um einen neutralen Ton, aber Hardenberg hörte die Verdächtigung wie ein Echo in der Leitung.

– Eben angekommen, sagte er.

Schweigen. Stumme Anschuldigung.

– Ach, und wo?

Bestimmt hatte sie es vorher auf dem Festnetz versucht, und Hardenberg hatte nicht abgenommen.

– Wo schon? Zu Hause natürlich.

– Du mußt es ja wissen …

Hardenberg haßte es, wenn sie diesen Rechtfertigungsmechanismus in Gang setzte. Besser gesagt: Er war es leid, er war es unendlich leid.

– Rita, du glaubst doch nicht, daß ich siebenhundert Kilometer fahre, um …

– Ich glaube gar nichts, Justus, schnitt sie ihm das Wort ab.

– Schau, ich hab's dir doch erklärt, mühte er sich. Morgen sind Entscheidungen zu treffen, die entscheidend sind für die Firma. Das geht nicht ohne mich.

Entscheidungen, die entscheidend sind – hoffentlich konnte er morgen mit mehr Eloquenz aufwarten.

– Ja, sagte Rita gedehnt. Du hast es mir erklärt.

Wieder Schweigen, oder was immer es diesmal war. Hardenberg stellte seine Aktenmappe ab. Rita war es genauso leid wie er, dachte er. Warum fing sie trotzdem immer wieder von vorne an?

– In drei Tagen bin ich wieder zurück, dann …

Er bemerkte das erleuchtete Fenster neben der Haustür.

– Was ist? fragte Rita.

– Ach nichts. Theresa hat das Licht im Gäste-WC angelassen.

– Du bist müde, hm?

Sie klang versöhnlicher jetzt. Als hätte sich ihre Stimme mit wehmütigen Erinnerungen gefüllt. Hardenberg mochte das – wenn sie sich ihrer Liebe füreinander erinnerten.

– Ja, sagte er. Wart ihr beim Italiener?

– Die Mädchen …

– Schon gut, sagte Hardenberg. Ich hoffe, das Essen war wenigstens genießbar.

– War es.

– Grüß sie von mir, ja?

– Mach ich … Justus?

– Hm?

– Ich liebe dich.

Hardenberg blickte an der Villa vorbei zum See hinunter.

– Ich dich auch.

Er ließ das Handy in seine Hosentasche gleiten. Vielleicht sollte er morgen als erstes mit Karin Schluß machen, sie freigeben für jemanden, der ganz versessen darauf sein würde, seine Frau für sie zu verlassen und Kinder mit ihr zu haben. Gerling am besten. Ach nein, morgen ging es nicht, morgen war ja die Krisensitzung. Vielleicht übermorgen. Oder nach dem Urlaub.

Hardenberg hob seine Aktentasche auf, steckte den Schlüssel ins Schloß und hörte, wie jemand im Gäste-WC den Wasserhahn aufdrehte.

SIE hatten sich aufgeteilt: Jan suchte oben die Zimmer ab, Jule unten. Sie konnte ihr Handy überall verloren haben: Am Pool, auf der Treppe, oder als sie durchs Fenster gestiegen waren. Im Geiste ging sie die Stationen der letzten Nacht durch und kontrollierte jeden Ort. Nichts. Nach zehn Minuten traf sie mit Jan im Hausflur zusammen.

Sie riefen von seinem Handy aus bei ihr an, aber es meldete sich sofort die Mailbox. Der Akku war gestern schon fast leer gewesen.

– Scheiße, fluchte Jule. Und jetzt?

– Weitersuchen, sagte Jan. Wir können hier nicht raus, bevor wir es gefunden haben. Ich geh die Badezimmer durch und du guckst noch mal im Wohnzimmer.

Jule entdeckte es schließlich, als sie vor der Pyramide stand und nachsah, ob der Umschlag mit der Nachricht noch auf dem Fernseher lag. Es mußte ihr beim Aufeinanderstapeln der Möbel aus der Tasche gerutscht sein und lag auf der Sitzfläche eines verchromten Freischwingers. Vor Erleichterung rannte sie mit erhobenen Armen im Kreis um die Pyramide und in den Hausflur zurück.

– Ich hab's, rief sie nach oben.

Das Licht ging an, aber nicht oben, sondern vorn, im Vorflur, und dann erschien Hardenberg in der Tür, der sie verständnislos ansah.

Jule erstarrte.

– Was machen Sie denn hier? fragte er.

Jule konnte nichts erwidern, geschweige denn, sich bewegen. Bis der Moment kam, in dem sich Hardenbergs Augenbrauen zusammenzogen und der Groschen fiel.

– Ich kenn Sie doch!

Er bewegte sich auf sie zu wie jemand, der ein entlaufenes Schaf einfangen will, und bevor Jule ihre Starre überwinden konnte, hielt Hardenberg sie bereits umklammert und drückte sie zu Boden. Jule schrie wie am Spieß, während Hardenberg versuchte, ihr die Arme auf den Rücken zu drehen, bis er plötzlich zusammensackte und mit seinem Gewicht auf ihr lag wie ein Walroß, ihre Arme unter seinen Bauch geklemmt.

Jan drehte Hardenberg auf die Seite, und er platschte neben Jule auf den Boden. Sein Kopf gab einen dumpfen Laut von sich. Jule wollte immer noch schreien, auch nachdem sie bereits aufgestanden war und Hardenberg reglos am Boden liegen sah. Ihre Haut brannte, die Finger und das Gesicht, ihr Atem ging stoßweise. Unablässig lief sie im Kreis herum.

Jan starrte auf die Stablampe in seiner Hand, als sehe er sie zum ersten Mal. Er kniete sich neben Hardenberg. Jule lief nur immer weiter im Flur hin und her – ein asthmatischer Löwe in einem goldenen Käfig.

– Ist er etwa tot? keuchte sie.

– Lebt, sagte Jan.

Jule schnappte immer noch hysterisch nach Luft und hatte nur einen Gedanken. Und eigentlich nicht einmal den. Es war ein Reflex.

– Laß uns abhauen, Jan. Scheiße, Mann, laß uns abhauen!

Sie lief zur Haustür, aber Jan hielt sie zurück. Das machte ihre Hysterie nur noch schlimmer.

– Ich muß hier raus, Jan!!

– Jule! Jan redete eindringlich auf sie ein. Jetzt beruhig dich erst mal!

Keine Chance. Jan gab ihr eine Ohrfeige. Danach verlangsamte sich ihre Atmung etwas.

– Hat er dich gesehen? fragte Jan.

Jule sah ihn an, als habe sie seine Frage nicht verstanden.

– Klar hat er mich gesehen. Können wir jetzt abhauen, Jan? Bitte!

– Ich meine, sagte Jan, hat er dich erkannt?

Jule spürte einen neuerlichen Adrenalinstoß in ihren Adern.

– Ich glaub schon … Ja, klar … Hat er.

Jan faßte sie an der Schulter.

– Dann können wir nicht abhauen, sagte er.

– Was?!

– Denk doch mal nach: Er weiß, wer du bist! Er kennt dich! Wenn wir jetzt abhauen, dann sitzt du in zwei Tagen im Knast – und Peter und ich zwei Tage später.

– Scheiße, Mann, schrie Jule, als sei das alles Jans Schuld. Und was machen wir jetzt?!

Jan ließ sie los.

– Okay, laß mich nachdenken …

Er setzte sich auf die Treppe und versuchte ruhig zu bleiben, aber es war klar, daß auch er keine Idee hatte. Er sah einfach nur müde und fertig aus.

– Keine Ahnung, sagte er.

In Hardenbergs Arm kam Leben. Er gab einen kehligen Laut von sich.

– Laß uns Peter anrufen, sagte Jule.

Etwas anderes fiel ihr nicht ein.

– Peter … auf keinen Fall, protestierte Jan.

Hardenberg fing an zu stöhnen.

– Hast du ’ne bessere Idee?

DER Schmerz kam vom Hinterkopf, schnürte ihm die Schläfen zusammen und bohrte sich in die Stirn. Sehr schnell füllte er den ganzen Kopf aus, ziehend, heiß. Hardenberg konnte seinen Arm nicht bewegen – nicht den, auf dem er lag, und den anderen auch nicht. Etwas Kaltes war an seiner Wange, glatt. Stein. Granit – er lag auf dem Fußboden, Gesicht nach unten. Seine Hände waren auf dem Rücken zusammengebunden, vielmehr: geklebt, mit Paketband. Der Schmerz wurde stärker. Hardenberg versuchte sich zu bewegen, aber das brachte nur noch mehr Schmerzen. Er blieb liegen und wartete.

Sie waren zu dritt. Zwei junge Männer und die Frau, die ihm damals in die Seite gefahren war. Der große hieß Peter. Er hatte ein kantiges, merkwürdig proportioniertes Gesicht mit tiefliegenden Augen und hervorstehenden Wangenknochen – ein ausländischer Einschlag, Balkan möglicherweise. Sein Blick war voller Verachtung. Hardenberg schätzte ihn als latent aggressiv ein – aber berechenbar. Der andere, Jan, machte ihm mehr Sorgen. Irgend etwas sagte Hardenberg, daß er sich vor dem in acht nehmen mußte. Er redete nicht viel, eigentlich gar nicht, und was *in* ihm vorging, blieb völlig unklar. Der konnte eine tickende Zeitbombe sein.

Sie hatten Hardenberg in den Keller gebracht und im Fitneßraum an den Beinstrecker gefesselt. Was für eine Ironie: Seit Monaten nahm er sich vor, endlich etwas für seinen Körper zu tun – jetzt war er an eins von diesen Geräten gefesselt.

Der Schmerz hatte etwas nachgelassen, oder er hatte sich daran gewöhnt. Hardenberg konnte ihn kontrollieren, indem er den Kopf in einer bestimmten Position hielt und ihn möglichst wenig bewegte. Wenigstens hatten sie ihm den Knebel abgenommen. Der war fast noch schlimmer gewesen als die Schmerzen. Das Mädchen, Jule, hatte gesehen, daß er damit beinahe erstickt wäre. Hardenberg hatte versprochen, nicht um Hilfe zu rufen.

– *Ein* Laut, hatte der Lange gesagt, Peter, und der kommt wieder rein, klar?

Hardenberg bekam es nicht zusammen. Es ergab keinen Sinn. Was war das für eine Aktion? Ein Rachefeldzug, weil er damals zufällig neben ihr gefahren war? Zufall? Wollten sie ihn entführen – wo er sie doch offensichtlich überrascht hatte? Profis waren das jedenfalls nicht. Die waren von der Situation völlig überfordert und wußten selbst nicht, was sie machen sollten. Das konnte eine Chance für Hardenberg sein – oder eine Gefahr.

Er hörte sie miteinander reden, draußen, auf der Treppe, konnte aber nichts verstehen. Offenbar überlegten sie, was jetzt zu tun war. Hardenberg glaubte nicht, daß sie bis zum Äußersten gehen würden, wollte es nicht glauben. Bei diesem Jan allerdings war er nicht sicher. Und realistisch gesehen durfte er sich bei keinem der drei sicher sein. Er hatte das Mädchen erkannt, Jule, und das bedeutete: Für *sie* war *er* die tickende Zeitbombe.

Er war tatsächlich halb eingedöst – trotz der Schmerzen und der Tatsache, daß er im Keller seines Hauses an einen Beinstrecker gefesselt war. Sie hatten ihm etwas Wasser eingeflößt. Es war kurios, aber Hardenberg wünschte sich heimlich, Rita könne ihn so sehen.

Er schlug ihnen vor, sie sollten abhauen und ihn dalassen. Er würde dafür der Polizei nicht sagen, daß sie ihn niedergeschlagen und gefesselt hatten, überhaupt würde er verschweigen, daß er sie überrascht hatte, sondern nur aussagen, daß er nach Hause gekommen und die Villa in diesem Zustand vorgefunden habe. Wenn sie wollten, könnten sie sich auch Wertgegenstände mitnehmen.

– Das sind die Kategorien, in denen du denkst – andere kennst du nicht!

Jan, der sonst so schweigsam war, hatte sein Gesicht ganz nah an das von Hardenberg herangebracht.

– Hier geht's nicht um Geld!

Hardenberg war perplex. Wenn es nicht um Geld ging, worum dann?

Sie hatten die Tür offen gelassen und redeten wild gestikulierend aufeinander ein. Jans erregte Stimme drang bis zu Hardenberg.

– Mensch, Jule, glaub dem kein Wort! Der Typ macht den ganzen Tag nichts anderes als lügen. Der kann gar nicht mehr anders!

Wofür halten die sich, dachte Hardenberg, für die Hüter der Wahrheit?

Er versuchte, ganz langsam seinen Kopf zu bewegen, ihn etwas nach links zu drehen, dann wieder nach rechts. Nach einer Weile versuchte er es mit Auf-die-Seite-Legen, nach rechts, nach links. Schließlich mit Kreisen. Hardenbergs Blick wanderte mit der Bewegung seines Kopfes durch den Raum und streifte seine Hosentasche, als er das Kinn zur Brust führte – sein Handy.

Hardenberg hatte nur diesen einen Versuch. Er konnte das Handy aus der Hosentasche schütteln, mußte es aber sofort auffangen. Sonst landete es unerreichbar auf dem

Fußboden. Jule, Jan und Peter standen immer noch an der Treppe und schienen mit sich selbst beschäftigt.

Das Manöver gelang. Er griff das Handy mit zwei Fingern, bevor es über die Naht rutschte, klappte es auf und versuchte, die Tasten zu fühlen: 110. Er drückte »Anrufen«. Es erschien: »Verbindung wird hergestellt …«

– Hey! Hey, was machst 'n du da?

Peter kam in den Raum gelaufen und riß ihm das Handy aus den Fingern.

– Eins-eins-null! Spinnst du, oder was, hey!

– Ist er durchgekommen? rief Jan.

Peter studierte das Display.

– Glaub schon …

Jan nahm Peter das Handy aus der Hand, und alle vier starrten es an. Jule stampfte mit dem Fuß auf.

– Fuck!

Jan sah Peter an.

– Was jetzt?

– Okay, sagte Peter. Wir nehmen ihn mit.

Hardenberg fühlte Panik in sich aufsteigen.

– Jetzt laßt doch mal die Kirche im D…

– DU HÄLTST DEIN MAUL, schrie Peter.

Jule überblickte die Situation offenbar am wenigsten.

– Wie … wir nehmen ihn mit? Und dann?

Peter verlor die Geduld.

– Keine Ahnung, was dann! Das sehen wir dann, verdammte Scheiße. Aber wir müssen hier weg, und wir können ihn nicht einfach hierlassen …

– Aber …, setzte Jule an. Das ist 'ne Entführung. Da mach ich nicht mit!

Peter schaute von Jule zu Jan und wieder zu Jule.

– Aber vorher, sagte er, da hast du schon mitgemacht.

Jule schwieg und wandte sich ab, und Hardenberg

wußte, die Entscheidung war gefallen. Sie würden ihn mitnehmen. Peter klebte ihm wieder den Mund zu und löste die Fußfesseln. Jan redete unterdessen auf Jule ein.

– Jule … Jule, die Bullen sind gleich hier. Wir nehmen ihn erst mal mit. Uns fällt schon noch was ein.

SIE hatten Hardenberg im Campingaufsatz verstaut. Das war nicht besonders bequem, und vor allem würde er schwitzen wie ein Schwein, sobald die Sonne aufging, aber das war er ja schließlich auch: ein Schwein. Seine Hände ließen sie gefesselt, banden sie aber *vor* dem Körper zusammen. Zum Pinkeln gab Jan ihm eine Flasche. Sie waren unterwegs auf der A 9 Richtung Leipzig, nach Süden.

Nachdem sie Hardenberg eingepackt hatten, waren sie am Hüttenweg auf den Parkplatz gefahren, um zu überlegen, was sie mit ihm machen sollten. Als sie nach einer halben Schachtel Zigaretten immer noch keine Lösung wußten, hatte Peter Jule angesehen und gesagt:

– Was is'n mit der Hütte von deinem Onkel?

Und das war es dann.

Sie waren kurz zu Hause vorbeigefahren und hatten das Nötigste eingepackt – Schlafsäcke, Waschzeug, ein paar Klamotten. Einer von ihnen blieb immer im Bus und bewachte Hardenberg.

Jan saß am Steuer und rieb sich die Augen, Peter neben ihm. Jule saß hinten und starrte aus dem Fenster. Hardenberg war unter der Last der Situation eingeknickt und schlief mit Schweißperlen auf der Stirn, sein Hemd klebte ihm auf der Haut.

Bisher hatte Peter sich jeden Kommentar verkniffen. Abgesehen von dem Spruch zu Jule, in Hardenbergs Fitneßraum, hatte er alles Persönliche zurückgestellt. Auch jetzt schwieg er. Kein Wort darüber, wie sie dazu gekommen waren, in Hardenbergs Villa einzusteigen, weshalb Jan Jule die Sache mit den Einbrüchen verraten hatte. Überhaupt: Was war denn das plötzlich? Monatelang gingen sich die beiden aus dem Weg, und kaum war Peter drei Tage in Barcelona, da waren sie plötzlich die besten Freunde?

Peter mußte nichts sagen. Jan spürte auch so, wie sauer er war. Sie kannten sich zu lange und zu gut, Worte hätten es nur verzerrt. Peter wartete, bis sie tanken mußten und er sicher war, daß weder Jule noch Hardenberg sie hören konnten. Jan kam von der Toilette, da stand er plötzlich im Gang und zog ihn hinter die Tankstelle, auf die Seite, wo die Lkws tankten. Es roch nach Diesel und Klostein.

– Sag mal: Hast du sie noch alle! Kannst du mir mal sagen, was mit dir los ist?!

Wie gesagt: Erklärungsversuche hätten es nur verzerrt.

– Tut mir leid, Mann, sagte Jan.

Peter stand vor ihm, unschlüssig, ob er seinem Freund in die Fresse hauen oder ihn umarmen sollte. Schließlich boxte er ihm in die Schulter – das lag irgendwo dazwischen. Damit war die Sache für ihn erledigt.

– Okay, Mann, sagte Peter. Laß uns gehen.

– Warte ...

Peter wartete.

– Was ist mit Jule? fragte Jan.

Zum Glück konnte Peter nicht wissen, wie zweideutig die Frage in Jans Ohren klang.

– Was meinst du?

– Ich glaub, die packt das nicht. Die ist schon völlig apathisch. Seit gestern nacht steht die auf der Schwelle zum Nervenzusammenbruch. Wenn das so weitergeht, klappt die uns in ein paar Stunden zusammen.

Peter blickte Richtung Süden. Die Alpenausläufer

kräuselten sich über dem Horizont. Nürnberg lag schon hinter ihnen.

– Okay. Peter nickte. Okay.

Sie wechselten die Seiten. Jan stieg auf den Beifahrersitz, Peter setzte sich hinters Steuer. Er steckte den Schlüssel ins Zündschloß, drehte ihn aber nicht um. Stattdessen sah er zu Jule hinüber, die mit einem verstörten Blick antwortete.

– Paß auf, sagte Peter. Wenn dir das hier zuviel wird, kein Problem. Wir setzen dich in den nächsten Zug nach Berlin, und du bist raus aus der Sache.

Jule lächelte nervös.

– Wieso? Habt ihr Angst, daß ich wieder was liegenlasse?

– Nee, sagte Peter. Aber wie du gesagt hast: Das hier ist 'ne astreine Entführung. Wenn du willst, dann ziehen Jan und ich das Ding alleine durch.

Es klang, als hätten sie alles besprochen und müßten es nur noch zu Ende bringen. Hardenbergs Gesicht schrillte wie eine Alarmglocke.

– Ich geh mal kurz frische Luft schnappen, sagte Jule und zog die Schiebetür auf.

JULE ging ein Stück und setzte sich auf eine Bank. Die Haare wehten ihr ins Gesicht. Aus irgendeinem Grund war es auf Autobahnparkplätzen immer windiger als anderswo. Der Bus hatte sich in der Morgensonne aufgeheizt, aber eigentlich war es noch frisch, ein Tag im Aufbruch. Bis jetzt verteilten sich nur ein paar spärliche Autos auf dem Parkplatz. Bald aber würde ein endloser Konvoi von Urlaubern einfallen, auf dem Rückweg aus Italien, wo sie sechs Wochen lang mit ihren fetten Hintern den Strand breitgewalzt hatten.

Jule schloß die Augen und ließ den Kopf in den Nacken fallen. Wo hatte sie sich und die anderen da nur hineingezogen? Was sie hier machten, war Irrsinn! Sie fuhren mit Vollgas in eine Sackgasse, deren Ende komplett im Dunkeln lag. Nur daß es eine Sackgasse war, das stand fest. Selbst den Spatzen, die um die Tonne hüpften und im Müll pickten, ging es besser als ihr, hundertmal besser, unendlich viel besser.

Ein paar Meter weiter parkte ein weißer Kombi ein – Vater, Mutter, Kind. Die Eltern trugen ihre alten Klamotten auf, der Sohn wollte später mal rappender Basketballer werden. Während der Junge die nächstgelegene Bank ansteuerte, hievte der Vater einen Korb aus dem Kofferraum, der mit Dosen, Schachteln und Flaschen in unterschiedlichen Größen gefüllt war.

Bis alle ihre Serviette, ihr Besteck und ihren Teller hatten, vergingen Minuten. Es war ein Ritual. In der Mitte des Tisches schichtete die Mutter die Tupperdosen auf.

– Würstchen?

Der Junge guckte gelangweilt auf das Würstchen, das ihm sein Vater vors Gesicht hielt.

– Hier, nimm 'n Würstchen. Er schob es seinem Sohn praktisch in die Nase. Nimm schon – schmeckt.

– Will nich, sagte der Junge und wischte den Arm seines Vaters weg. Will 'n Mars.

Der Vater ließ die Wurst auf den Teller seines Sohnes fallen.

– Gibt kein Mars, entschied die Mutter.

Die Eltern aßen, wischten die Bestecke ab und arrangierten die Reste in den Tupperdosen. Der Sohn wackelte mit den Beinen und starrte beleidigt vor sich hin. Das Würstchen rührte er nicht an. Schließlich aß es der Vater.

– Gibt trotzdem kein Mars, sagte die Mutter.

Bis sie weiterfuhren, sagte keiner ein Wort.

Jule ging zum Bus zurück und stieg ein. Jan und Peter sahen sie erwartungsvoll an, und in dem Moment wußte sie, daß, was immer passieren würde, sie es zu dritt durchstehen würden, daß sie auf merkwürdige Weise beide liebte, nur verkehrt herum – und das verursachte dieses furchtbar schräge und flüchtige Glücksgefühl.

– Wir können, sagte sie.

Fünf Minuten später war sie eingeschlafen.

Sie erwachte, weil ein belegtes Baguette an ihr Fenster klopfte. Sie standen auf einem menschenleeren Parkplatz, umringt von hoch aufragenden Bergen. Das Baguette hatte Peter dabei, und eigentlich war natürlich er es, der klopfte, aber Jule hatte nur Augen für das Baguette.

Sie schob die Tür auf.

– So was will ich auch!

Peter hielt eine Einkaufstüte voller Raststätten-Junk-

Food in der Hand. Jule wählte einen Teigschwamm mit eingearbeiteter Scheiblette und steckte sich die Hälfte davon in den Mund.

– Wo ist Jan? fragte sie kauend.

– Pinkeln.

– Und wo sind wir?

– Tirol. Österreich.

Jule schluckte.

– Ihr seid über die Grenze, ohne mich zu wecken?

Peter beugte sich in den Bus und küßte sie.

– Sieht so aus.

Jule stand auf und sah nach Hardenberg, der zu einem Häufchen Angst zusammengeschrumpelt war.

– Hunger? fragte sie.

Hardenberg nickte. Peter stieg in den Bus, zog eine Toblerone aus seiner Tüte und gab sie ihm. Jule bemerkte die Genugtuung in seinen Mundwinkeln. Mit gefesselten Händen war eine Toblerone nicht so einfach zu knacken.

– Ich bräuchte auch eine neue Flasche, sagte Hardenberg.

– Schwitzt und schwitzt und muß trotzdem noch pissen, sagte Peter.

WO würden sie ihn hinbringen? Der Campingaufbau hatte kein Fenster, um ihn herum gab es nur blaues Plastik. In der Decke war eine Belüftungsklappe. Solange sie fuhren, war es auszuhalten, aber kaum standen sie, staute sich die Hitze, und Hardenberg atmete wie durch einen Strohhalm. Dazu noch die Sache mit der Flasche, in die er hineinpinkeln mußte – während der Fahrt, im Liegen, Hände und Füße zusammengebunden.

Den ganzen Tag lang ließen sie ihn schmoren. Gegen Nachmittag wurden die Straßen steiler und kurvenreicher – wahrscheinlich die Alpen. Was um alles in der Welt hatten die vor? Würde sein Name eines Tages in einer Reihe mit Ponto, Buback und Schleyer genannt werden?

Der Bus pfiff auf dem letzten Loch bei den Steigungen. Sie verließen die Autobahn und fuhren über serpentinenartige Landstraßen noch höher in die Berge. Hardenberg wurde durchgeschüttelt wie ein Sack Erdnüsse.

Sie erreichten einen Ort und hielten auf einem Parkplatz, andere Autos waren zu hören, Kinderstimmen. Jan stieg aus. Peter kam nach hinten, setzte sich neben Jule und legte einen Arm um sie.

– Bist du okay? fragte er.

– Ja, antwortete sie. Ich bin okay.

Er küßte sie.

Die Krisensitzung heute morgen mußte ohne Hardenberg stattgefunden haben. Die Welt jedenfalls drehte sich weiter. Kaum zu glauben. »Das geht nicht ohne mich«, hatte er gestern noch am Telefon zu Rita gesagt. Jetzt war es doch ohne ihn gegangen. Da sah man es mal wieder: Die meiste Zeit nahm man sich einfach zu wichtig.

Jan kam mit Einkäufen zurück. Augenscheinlich richteten sie sich darauf ein, daß, was immer sie vorhatten, mehrere Tage in Anspruch nehmen würde. Sofern sie überhaupt etwas vorhatten.

Sie fuhren weiter, verließen die Ortschaft, noch höher hinauf. Nach einer Weile bogen sie ab und klapperten im zweiten Gang über eine provisorisch geteerte Straße, die zu einem Schotterweg verkümmerte. Steinchen spritzten gegen die Radkästen. Seit Stunden ging es nur bergauf. Hardenbergs linkes Bein war eingeschlafen, bis zur Hüfte, ebenso seine linke Hand. Das Klebeband schnürte alles ab.

Als sie anhielten, dämmerte es bereits. Katharina und Verena schminkten und toupierten sich wahrscheinlich gerade, um zum Italiener zu gehen, und Gerling verzweifelte an Hardenbergs Privathandy. Unter anderen Umständen hätte er fast ein bißchen schadenfroh werden können.

Peter kam mit einem Messer und durchtrennte die Fußfessel. Die Hände ließ er zusammengeklebt.

– Meine linke Hand ..., setzte Hardenberg an.

– Ja ja, unterbrach ihn Peter. Bei mir ist es die rechte.

Jan, Jule und Peter standen Spalier wie ein Begrüßungskomitee. Hardenbergs Wirbel knackten, als er sich aufrichtete. Die Abendluft kühlte sein naßgeschwitztes Hemd aus. Die Nacht würde kalt werden. Der Schotterweg war zu Ende, hörte einfach auf. Sie standen am Rand eines Felsens, der mehrere hundert Meter steil abfiel.

Hardenberg mußte an Rita denken, an das Telefonat gestern nacht und wie versöhnlich es geendet hatte.

– Auf geht's, Hardy, sagte Peter.

Hardenberg kniff die Augen zusammen. Es tröstete ihn, daß es Rita war, die ihm in den Sinn kam, die rote Rita, wie er sie früher genannt hatte, mit der er sein Leben geteilt und zwei Kinder bekommen hatte, die ihn geliebt und gehaßt hatte, bewundert und verachtet. Er hoffte, daß es nicht vergebens gewesen war.

Jemand stieß ihn in die Seite.

– Jetzt mach schon, sagte Peter. Setz deinen Arsch in Bewegung – ist noch 'n Stück.

Hardenberg stolperte im Schein von zwei Taschenlampen einen ausgetretenen Pfad entlang, der in einen Wald führte. Mit den gefesselten Händen konnte er nur schwer das Gleichgewicht halten. Zweimal stürzte er. Sie traten aus einer Lichtung heraus, vor ihnen lag eine kleine Alm. Hardenberg konnte die Silhouette einer Hütte ausmachen.

Jule schien schon öfter hier gewesen zu sein: Sie zog einen Schlüssel aus einem Versteck unter der Dachrinne und öffnete die Tür. Peter stieß Hardenberg schon wieder in die Seite.

– Wir kommen eben überall rein, spottete er.

Die Rolle des gehässigen Witzbolds schien ihm zu gefallen.

Die Hütte war kleiner, als man von außen vermutet hätte. Es gab einen Flur, der von ein paar Kleiderhaken und einem Schuhschrank ausgefüllt wurde, eine Wohnküche mit einer Holzbank und einen Verschlag mit einem Matratzenlager, in dem Peter nur gebückt stehen konnte.

Hardenberg durfte sich auf die Bank setzen. Es roch nach Harz und Tannennadeln, kalter Asche und feuchtem Holz. Über dem Tisch hing eine Petroleumlampe mit einem Glasschirm, den man über die Flamme stülpte. Jule stellte am Dochtrad die Helligkeit ein. Das Licht war warm und schwer. So hätte es Hardenberg für das Wohnzimmer in der Villa haben wollen, aber der Innenarchitekt hatte keine Lösung gefunden. Könnte alles so einfach sein, dachte er.

Jule sah Hardenberg an, als wolle sie ihm etwas sagen und wisse nicht, wie.

– Wenn du aufs Klo mußt, sag Bescheid. Ist draußen.

Peter machte Feuer, Jan brachte ihre Sachen ins Matratzenlager. Vorsichtshalber wartete Hardenberg, bis er den Raum verlassen hatte.

– Meine linke Hand, sagte er zu Peter. Ich spür sie nicht mehr.

Peter warf das Streichholz in die Flammen.

– Weißt du was, sagte er und schloß die Klappe. Du gehst mir auf den Sack mit deiner linken Hand.

Jan stellte einen Topf auf den Gaskocher, streifte ein Stück Butter am Rand ab und schnitt eine Zwiebel in kleine Würfel. Hardenberg nahm alles wie in Zeitlupe wahr. Ein Effekt, den er sich nicht erklären konnte. Unterzucker vielleicht. Unwillkürlich suchte er nach einer Antwort. So war er: Für alles mußte es eine Erklärung geben, eine Ursache, eine Lösung. Sein Gehirn konnte nicht aufhören zu arbeiten, anerzogener Dauerstreß. Das hatte ihn so weit nach oben gebracht.

Peter und Jule saßen neben Hardenberg auf der Bank. Seit sie ihn nicht den Abhang hinuntergestürzt hatten, fühlte sich die Situation weniger bedrohlich an. Als hätten sie ihre Gelegenheit verpaßt. Jan schob mit dem Messer die Zwiebelstücke in den Topf. Lange Zeit hörte man nur das Geräusch der bratenden Zwiebel – bis Jan sie mit

Wein ablöschte und ein scharfes Zischen den Raum durchschnitt.

Hardenbergs Wahrnehmung verlangsamte sich immer mehr. Er konnte sich nicht erinnern, jemals so müde gewesen zu sein. Und er konnte nicht aufhören, darüber nachzudenken. Darüber – und über eine Million anderer Sachen: Rita, die Kinder, die feindliche Übernahme – das paßte zu seiner Situation: feindliche Übernahme –, und darüber, was morgen sein würde …

Der Duft des Risottos stieg Hardenberg in die Nase. Ein Löffel kreiste vor seinem Gesicht.

– Hier, sagte Peter. Ist Rattengift drin … aber das bringt ja nur Ratten um.

Hardenberg öffnete seine Lippen, und Peter schob ihm den Löffel in den Mund. So würde es im Alter sein: Mund auf, Essen rein, schlucken. Falls er das noch erlebte.

Peter brachte ihn ins Matratzenlager und band ihm die Füße zusammen. Er wies ihm den Platz in der Ecke zu.

– Meine Hand …, sagte Hardenberg. Bitte!

– Du kannst einem echt auf die Eier gehen, hey!

Peter blickte überdrüssig auf ihn herab, klebte ihm dann aber die Hände an einer anderen Stelle zusammen und schnitt die alte Fessel auf. Er breitete eine Decke über Hardenberg und ging zu den anderen in die Küche zurück.

JAN schlief zwischen Peter und Hardenberg, Peter zwischen Jule und ihm. Er wurde wach, weil das Gebimmel von Kuhglocken aus dem Tal heraufdrang. Es wurde untermalt von Vogelgezwitscher und Wasserrauschen. Der pure Heidi-Kitsch. Hardenberg lag auf dem Rücken, in seinen Klamotten, mit Brille. Sein Atem ging schwer. Mit den Händen auf dem Bauch sah er aus, als bete er im Schlaf.

Peter räkelte sich. Er drehte sich zu Jule, zog den Reißverschluß ihres Schlafsacks auf und preßte sich an sie. Seine Hand schob sich unter ihr T-Shirt, aber Jule wehrte ihn ab und stand auf. Jan stellte sich schlafend, bis sie aus der Tür war.

– Morgen, sagte Peter, ohne sich umzudrehen.

Er wußte genau, daß Jan nicht schlief.

– Morgen, sagte Jan.

Peter stand auf. Er hatte diesen Gesichtsausdruck, der alles und nichts bedeutete. Hätte Jan diesem Ausdruck einen Namen geben sollen, hätte er ihn »So ist das Leben« genannt. Das war Peters Antwort auf alles mögliche, einen gebrochenen Fuß ebenso wie einen Brief mit 100 000 Euro: »So ist das Leben«. Er ging in die Küche, die Tür ließ er offen.

Peter stand hinter Jule auf der Veranda und hielt sie umschlungen. Sie hatte ihren Kopf an seine Schulter gelehnt. Okay: Er vögelte mit anderen Frauen rum. Aber auf seine Weise liebte er Jule trotzdem. Und das mit den anderen Frauen ging Jan ja auch eigentlich nichts an. Er hatte kein

Recht, Jule zu lieben, und es war irgendwie unanständig, auf ihre Liebe zu hoffen. Aber seit wann hatte Liebe etwas mit Anstand zu tun, oder mit Recht? Und Hardenberg, diese fette Sau, schlief wie ein Baby. Dem ging es von allen am besten.

Jule ließ ihren Blick über das Bergpanorama wandern.

– Es könnte so schön sein, hörte Jan sie sagen und wünschte sich, sie hätte ihren Kopf an *seine* Schulter gelehnt. Peter war der beste Freund, den es geben konnte, aber Jules Sehnsucht würde er nie verstehen. Nicht wirklich. Ihre Seelen würden sich nie berühren.

– Wir schaffen das, sagte Peter. Ich weiß noch nicht, wie, aber wir schaffen das.

Jule drehte sich um und sah über Peters Schulter hinweg Jan in der Tür stehen. Jan senkte seinen Blick und ging in die Küche, um Frühstück zu machen. Was wußte er schon von Liebe, außer daß es dabei immer um andere ging?

Keiner wollte sich mit dem Thema »Hardenberg« auseinandersetzen, also ließen sie ihn fürs erste wo er war. Sie saßen um den Tisch auf der Veranda, es gab alten Kaffee und vertrocknete Kekse. Jan hatte bei seinem Einkauf gestern nur ans »Abendessen« gedacht, nicht ans »Frühstück«.

Zwischen Jules Fingern löste sich ein Keks auf, Peters Löffel rotierte in der Tasse, Jan vermied jeden Blickkontakt.

– Hardenberg, sagte Peter schließlich.

Sie konnten ihn knebeln, fesseln und einschließen, aber nicht unsichtbar machen. Jule nahm sich einen neuen Keks.

– Wie wärs mit ’ner politischen Entführung im Siebziger-Style? sagte Peter. Wir hängen ihm ein Schild um den Hals – »Die fetten Jahre sind vorbei« –, filmen das ab und schicken 's ans Fernsehen …

Keiner sagte etwas dazu, nicht mal Peter selbst. Bis gestern nacht hatten sie ein Ziel gehabt: die Hütte. Jetzt war die Baumgrenze erreicht. Ab hier wuchs nichts mehr.

Jule wischte die Krümel vom Tisch.

– Wir brauchen Milch und Brot, sagte sie. Und Klopapier.

– Zeitungen, ergänzte Peter.

Jan:

– Ein Radio wär nicht schlecht.

Damit war Hardenberg fürs erste von der Tagesordnung.

– Okay, sagte Peter. Ich fahr runter ins Dorf und kauf ein. Hat einer von euch noch Geld?

Jan schüttelte den Kopf.

– Nicht wirklich, sagte Jule.

Peter klopfte mit dem Fingerknöchel gegen die Hütte.

– Ich frag mal Hardenberg, ob er einen ausgibt.

Sie sahen Peter nach, wie er die Wiese hinunterlief, hinter einem Hügel abtauchte, weiter unten wieder zum Vorschein kam und schließlich zwischen den Bäumen verschwand. Jule zerbröselte noch einen Keks. Jan goß ihnen Kaffee nach. Jan trank. Jule nicht. Die Schatten auf den Berghängen wurden kürzer. Jule nahm sich den nächsten Keks.

– Ich geh mal nach Hardenberg sehen, sagte Jan.

– Okay, sagte Jule.

Hardenberg sah eher verärgert aus als verängstigt, sagte aber nichts.

– Na, wie geht's denn so im Volksgefängnis? fragte Jan. Pissen?

Hardenberg nickte. Jan nahm ihn an den Schuhen, zog ihn ein Stück zu sich heran und durchtrennte die Fußfessel. Er führte ihn an Jule vorbei zum Holzverschlag und wartete vor der Tür.

– Klopapier gibt's erst, wenn Peter zurück ist, sagte Jan. Willst 'n Kaffee?

Keine Antwort. Hardenberg schien entschlossen, nicht mit ihnen zu reden. Zumindest nicht mit Jan.

Er brachte Hardenberg ins Matratzenlager zurück – vor Jule auf dem Tisch hatte sich inzwischen ein Krümelhaufen gebildet –, band ihm wieder die Füße zusammen und verriegelte von außen die Tür.

Als er wieder auf die Veranda kam, war der Krümelhaufen weg. Und Jule auch. Jan nahm an, daß sie aufs Klo gegangen war. Als sie nach zehn Minuten nicht wieder erschien, ging er sie suchen.

Ein Stück die Alm runter, wo die Wiese in einen Steilhang überging, ragte ein Felsen wie eine umgedrehte Badewanne aus dem Gras. Jule sah aus, als würde sie für ein Stilleben Modell sitzen: die Beine seitlich abgewinkelt, den Blick ins Tal gerichtet. Der Fels war kaum höher als ein Schreibtisch, aber es reichte, um von dort das ganze Tal zu überblicken. Unten leuchtete ein langgezogener See mit ein paar weißen Sommersprossen darauf.

– Kannst du segeln? fragte Jan.

– Ich kann nicht mal richtig schwimmen, sagte Jule.

Diesmal war es Jan, an den sie sich lehnte.

Er legte seinen Arm um sie.

– Was ist das für ein See?

Jule lehnte sich noch ein bißchen mehr an, einen halben Zentimeter oder so, vielleicht auch einen ganzen.

– Der Achensee, sagte sie. Scheißkalt – das ganze Jahr über.

– Aber schön.

Jule sah ihn an.

– Von so weit oben ist alles schön.

Jan streichelte ihr Haar, und dann küßte er sie. Auf die Stirn. Und auf die Wange.

Und dann sagte sie:

– Laß uns zurückgehen.

GEGENÜBER der Sitzbank in der Küche stand ein Feldbett. Hardenberg saß gegen die Wand gelehnt, seine Beine ragten über den Rand. Jule fand, daß er immer mehr wie ein Nagetier aussah.

Sie hatte ihn gefüttert, jetzt spülte sie das Geschirr ab. Jan und Peter saßen am Tisch. Es war keine Frage gewesen, wer Hardenberg füttern würde. Sie hatten sich angesehen, und Jule hatte den Löffel in die Hand genommen.

Hardenbergs Körper war eingefallen, aber seine Augen blitzten. Aus seiner Ecke heraus verfolgte er jede Bewegung.

Er räusperte sich. Jule sah auf.

– Was … Was wollt ihr eigentlich von mir?

Jule hörte auf zu spülen, Peter hörte auf zu rauchen, und Jan … bei dem wußte man nicht, aber irgend etwas passierte auch bei ihm. Hardenberg, das Nagetier, die Spitzmaus, hatte seine Nase aus dem Bau gestreckt.

– Geht's um Geld? fragte er.

Es klang wie seine letzte Hoffnung.

– Nein. Peter blies den Rauch aus. Um deine Seele.

Hardenberg guckte unwirsch. Er konnte es nicht leiden, wenn jemand so mit ihm sprach. Jule wußte genau, was er dachte. Er dachte: Was bilden die sich ein!?

– Was hat denn meine Seele damit zu tun? schimpfte er. Ihr brecht bei mir ein, um …

– Wir sind nicht bei *dir* eingebrochen, schnitt ihm Peter das Wort ab. Nimm dich nicht so wichtig! Du bist nur einer von vielen.

Hardenberg begriff gar nichts.

– Es sind politische Gründe, sagte Jan.

Jule hatte Hardenberg Kaffee gebracht, auf einem Tablett, wie eine Kellnerin, hatte ihm Zucker hineingetan und umgerührt. Ein bißchen Genugtuung konnte auch sie sich nicht verkneifen. Hardenberg mußte die Tasse mit zusammengebundenen Händen nehmen. Es sah ziemlich armselig aus, und er stellte sich nicht besonders geschickt dabei an.

Hardenberg versuchte souverän zu wirken, aber hinter der Fassade bröckelte es. Jan hatte ihm die Sache mit den Einbrüchen erklärt – wer und warum. Daß es tatsächlich um seine Seele gehen sollte und nicht um sein Geld – das machte Hardenberg nervös. Sehr nervös. Jule kannte das: Wenn Typen wie Hardenberg die Kontrolle verloren, wurden sie panisch. Und laut.

– Und ihr glaubt, das bringt was? Die paar Leute, die ihr damit trefft!?

Jan war ganz ruhig.

– »Einen treffen, hundert erziehen« – kennste den?

Er spielte mit seiner Zigarette im Aschenbecher.

– Vielleicht haben wir ja irgendwann Nachahmungstäter. Du bist doch BWLer: »Trigger-Effekt« – muß dir doch was sagen …

Hardenberg richtete sich auf. Viel größer wurde er dadurch nicht. Herrscher über ein Imperium mit 30 000 Angestellten – eine ganze Stadt –, und plusterte sich auf wie ein Rohrspatz.

– Ihr … ihr haltet euch für was Besseres, was? … Aber letztlich seid ihr auch nicht besser als Terroristen, benutzt dieselben Methoden: Angst und Schrecken verbreiten.

Jan verzog das Gesicht zu einem ironischen Grinsen.

– Wir müssen nicht um jeden Preis besser sein. Wir finden's viel origineller, wenn das, was wir machen, einen Sinn hat.

Er drückte seine Zigarette aus.

– Ist doch verrückt, oder? sagte er. *Wir* strampeln uns ab, damit *euer* Schaden so gering wie möglich bleibt. Also, ich nenne so was undankbar.

Hardenberg kochte innerlich. Jan war hundertmal souveräner als er, und Hardenbergs Millionen, seine Villa, seine Macht kümmerten ihn einen Scheißdreck. Er zog ihm den Boden unter den Füßen weg, weil er *Moral* hatte und ihm die Dinge sagte, die Jule ihm seit Monaten ins Gesicht schreien wollte, und für die sie nie die richtigen Worte fand, jedenfalls nicht im richtigen Moment.

Jan legte nach.

– Unser bißchen Eingebreche ist total lächerlich im Vergleich zu der Gewalt, die Leute wie du ausüben. Nur hast du die Legitimation vom Staat, und wir ... haben sie von uns selbst besorgt.

– Ihr seid also die Retter der BRD, schnaufte Hardenberg. Die RAF des neuen Jahrtausends ... Oder wie darf ich das verstehen?

Jetzt fingen auch Jans Augen an zu funkeln. Wieder so einer von den Momenten, wo Jule unmöglich vorhersagen konnte, was er als nächstes tun würde. Über den Tisch springen und Hardenberg die Kehle durchbeißen?

– Auf jeden Fall gehören wir nicht zu den Leuten, die mit 'nem Heiligenschein in der Kneipe sitzen und über die große Revolution reden, sagte er. Aber es stimmt schon ... Sobald man sich ernsthaft bewegt, wird man angreifbar.

Er führte die Hände an den Kopf, als ginge ihm ein Licht auf, und wandte sich an Peter.

– Du, das ist ja furchtbar … Mensch, Peter: Darüber haben wir ja noch nie richtig geredet! Wie hältst 'n du das eigentlich aus?

Peter nickte zustimmend.

– Ich glaub, das kommt daher, sagte er, daß ich nicht so besonders gebildet bin. Er blickte in die Runde. Entweder das, oder … ich bin 'n verdammt cooler Typ.

Jule wußte nicht, wie sie Peters Spruch finden sollte, aber auf jeden Fall nicht witzig. Nie was richtig ernst zu nehmen – irgendwann ging das einfach nicht mehr. Langsam mußten sie sich mal ein paar Gedanken machen, ein paar ernsthafte Gedanken.

– Und was habt ihr jetzt mit mir vor? fragte Hardenberg.

Peter drehte sich zu ihm um. Ohne Gemütsregung.

– Das wirste dann schon noch sehen.

Damit kehrte die Angst in Hardenbergs Gesicht zurück. Und reden wollte er plötzlich auch nicht mehr.

Sie gingen zu dem Felsen hinunter, von dem aus man auf den See schauen konnte. Das war ein guter Ort, um sich Gedanken zu machen. Die kamen da ganz automatisch. Hardenberg hatten sie wieder im Matratzenlager verstaut. Der schwitzte sich gerade vor Angst die Seele aus dem Leib. Aber um die ging es ja schließlich auch. Oder nicht?

– Realistisch gesehen, haben wir drei Möglichkeiten, sagte Peter. Erstens: Wir machen 'ne richtige Entführung draus und fordern Lösegeld. Dann hat sich der ganze Scheiß wenigstens gelohnt, und wir haben 'n bißchen Geld für unser neues Leben. Weil …

Er blieb stehen, fixierte erst Jan, dann Jule.

– … in unser altes können wir nicht zurück.

Sie standen auf der Alm, vor sich den Horizont, und

die Ungeheuerlichkeit ihrer Tat regnete auf sie herab wie Fall out: unsichtbar, tödlich. Sie konnten nicht mehr in ihr Leben zurück.

Peter ging weiter.

– Zweitens, nahm er den Faden wieder auf: Wir machen ihn kalt.

Jule zog es den Magen zusammen. Sah so das Ende der Sackgasse aus, in die sie steuerten: Ein großes schwarzes Loch?

– Tickst du jetzt völlig aus, oder was!? Ihre Stimme überschlug sich fast. Du hast sie doch nicht mehr alle! Da oben in der Hütte liegt ein Mensch, kapierst du das?!

Jan stand etwas abseits und machte dieses Gesicht, von dem man nicht wußte, was sich dahinter abspielte. Jetzt sag du doch auch mal was, dachte Jule. Aber Jan schwieg.

– Auf jeden Fall wären wir damit alle Sorgen los, sagte Peter. Niemand kennt uns, keiner weiß, daß wir hier sind. Wir lassen ihn verschwinden, hauen ab und sind nie hier gewesen. Alles nur ein böser Traum ...

Jule wußte nicht, was sie glauben sollte. Meinte er das etwa ernst?

– Okay, lenkte Peter ein. Dann machen wir ihn eben nicht kalt.

Er ging auf sie zu, aber sie schüttelte seinen Arm ab und drehte sich weg.

– Dritte Möglichkeit, sagte Peter. Wir hauen ab und lassen ihn hier, plus Essen für eine Woche. Danach verständigen wir die Bergwacht. Aber erst ... wenn wir in Nicaragua sind ... oder sonstwo.

Sie waren am Felsen angekommen. Für den waren ihre Sorgen Peanuts. Der sah seit Jahrtausenden dem menschlichen Treiben da unten zu. Wie eine steinerne Riesenschildkröte. Der hatte schon ganz andere Sachen gesehen.

Jule setzte sich. Jan blieb neben dem Felsen stehen, als warte er auf etwas. Peter auf der anderen Seite. Sie saß zwischen ihnen, ha-ha. Jeder guckte in eine andere Richtung. Unten, auf dem See, zogen kleine weiße Punkte kleine weiße Striche hinter sich her.

JULE half ihm auf und stützte ihn, während er mit zusammengebundenen Beinen zum Tisch hüpfte.

– Guck mal, sagte Peter zu Jan. Sackhüpfen.

Sehr witzig, dachte Hardenberg, dem Rachegelüste die Kehle emporschossen. Dieser Peter war wirklich ein notorisches Großmaul!

Jule hatte Tee gemacht, schob ihm eine Tasse hin.

– Danke, sagte Hardenberg und nahm sie.

Langsam gewöhnte er sich daran, statt zwei einzelner Hände so etwas wie eine Doppelhand zu haben.

Während die drei draußen gewesen waren, hatte Hardenberg ein paar Überlegungen angestellt – problemorientiertes Brainstorming. Dafür wurde er schließlich bezahlt.

Die Situation stellte sich wie folgt dar: Er war, aus der Not heraus, von drei politisch motiviert handelnden Jungerwachsenen entführt worden. Einem unterprivilegierten Ausländer mit hohem Aggressionspotential, einem völlig unberechenbaren, intelligent wirkenden Mann, der der intellektuelle Kopf der Gruppe zu sein schien, und einer jungen Frau, die sich in einer diffusen emotionalen Opposition verbarrikadiert hatte und in der Gruppe eindeutig das labilste Element darstellte – und die aus persönlichen Motiven handelte.

Solange sie Hardenberg in der Hütte festhielten, noch dazu gefesselt, würde sich kaum eine Möglichkeit zur Flucht ergeben. Ergo: Bestand seine größte Chance, unbeschadet aus der Sache herauszukommen, darin, sich die Frau, also Jule, gewogen zu machen. Wenn es einen Ausweg gab, dann führte er über Jule.

– Muß ganz schön hart für dich sein, oder? sagte Jan. Rackerst dich dein Leben lang ab, um Macht über andere zu haben – und dann bist du plötzlich von drei völlig unbedeutenden Leuten abhängig.

Das kannst du laut sagen, dachte Hardenberg. Der Einbruch, die Beule an seinem Kopf, die Fesseln – alles nichts gegen diese Ohnmacht.

– Ich bin nur ein kleines Rädchen, sagte er.

– Ach ja, fiel ihm Jan ins Wort. Was ist denn das Jahresgehalt von unserem kleinen Rädchen?

Die hatten wirklich ein ausgewachsenes Problem mit Menschen, die mehr Geld hatten als sie selbst. Tief stapeln, dachte Hardenberg, und glaubhaft bleiben.

– 100 000, plus minus, sagte er.

Jule prustete in ihren Tee.

– Dreikommavier Millionen, stand neulich in ’nem Bericht über dich im »Tagesspiegel«.

Hardenberg sagte lieber nichts dazu.

– Bißchen viel plus, oder? meinte Jan.

Der hatte sich anscheinend zum Wortführer aufgeschwungen. Wenn es ums Politische ging, bekam er plötzlich die Zähne auseinander.

– Verrate uns doch mal, sagte Jan, wieso du das Leben von ’ner jungen Frau kaputt machst, für ’ne Karre, die du aus der Portokasse zahlen kannst? Aber erklär’s uns so, daß wir’s auch verstehen.

So, wie Jan die Frage stellte, konnte es keine Antwort geben, die Hardenbergs Position in einem angemessenen Licht gezeigt hätte. Am besten versuchte er es mit einer defensiven Strategie.

– Ja, setzte er an, natürlich ... Ich hätte mich mehr kümmern müssen, wer da betroffen war ... Ich war im Streß. Tut mir leid ...

– Sag mal, fragte Jule, wieviel arbeitest'n du so am Tag?

– So … dreizehn, vierzehn Stunden sind es schon, sagte Hardenberg.

– An den Wochenenden auch?

– Manchmal.

Jule sah ihm ins Gesicht.

– Und was machst du mit dem ganzen schönen Geld?

Hardenberg wollte zu einer Antwort ansetzen: Was geht dich das an? Aber das wäre unklug. Offensichtlich bliesen sie hier zum Angriff auf das Großkapital. Das kannte er von seinen Töchtern – bevor sie 500-Euro-Kleider schick fanden.

– Ich sag's dir, nahm Jule den Faden auf. Du häufst Dinge an. Große, teure Dinge: Fette Autos, 'ne Riesenvilla, die Yacht – alles Dinge, die signalisieren sollen: Ich bin ein Alpha-Männchen.

Danke, dachte Hardenberg. Ich *bin* eben ein Alpha-Männchen. Und ein Wrack, aber das werd ich dir nicht erzählen.

– Die Frage ist, sagte Jule, warum kriegst du den Hals nicht voll?

So. Und jetzt war Schluß. Hardenberg mußte sich für seine Leistungen nicht an den Pranger stellen lassen. Er konnte diesen linken Mist nicht mehr hören.

– Wir leben in einer Demokratie, sagte er. Ich muß mich nicht dafür rechtfertigen, daß ich Dinge besitze, für die ich bezahlt habe.

Jule verdrehte die Augen, Peter las im Teesatz – seinen nächsten Witz vermutlich.

– Falsch, sagte Jan. Wir leben in einer Diktatur des Kapitals. Alles, was du besitzt, Hardenberg, hast du vorher gestohlen.

Hardenberg seufzte. Nicht *die* Leier! Marx hatte seine

Chance gehabt. Das Alles-gehört-allen-Modell hatte nicht funktioniert. Es war an der Natur des Menschen gescheitert. Das konnte man gutheißen oder auch nicht, aber so war es.

– Hör zu, sagte Hardenberg. Ich kann mir mehr leisten als andere, weil ich immer mehr gearbeitet habe als andere – weil ich zur richtigen Zeit die richtigen Ideen hatte … Und außerdem: Das ist nicht etwas, das nur mir … gegeben ist. Die Chancen haben viele, sie nehmen sie nur nicht wahr.

Jule stippte mit ihrem Zeigefinger Krümel auf, einen nach dem anderen, alles, was in Reichweite lag.

– Sehr hübsch, sagte sie. Du bist also 'n echter Kämpfer … Da gibt's nur folgendes Problem: In Südostasien, da wo ihr eure Klamotten fertigen laßt zum Beispiel, die arbeiten auch so dreizehn, vierzehn Stunden am Tag. Nur kriegen die dafür keine Villa, sondern ungefähr einen Euro am Tag.

Sie fuhr mit dem Daumen über den Zeigefinger und ließ die aufgestippten Krümel wieder auf den Tisch rieseln.

– Ich könnte mir vorstellen, fuhr sie fort, daß die auch die eine oder andere tolle Idee haben. Nur leider haben die nicht mal das Geld für 'n Busticket in die nächste Stadt.

Diese Diskussion hatte Hardenberg schon so oft geführt. Und immer mit Leuten, die keine Ahnung von wirtschaftlichen Zusammenhängen hatten.

– Entschuldigung, sagte er. Ich kann nichts dafür, daß ich nicht in Südostasien geboren wurde.

– Nein, konterte Jule. Dafür könnt ihr wirklich nichts. Aber ihr könntet das Leben da unten erträglicher machen. Wäre ganz einfach: Schuldenerlaß zum Beispiel …

Wie er vermutet hatte: keine Ahnung von wirtschaftlichen Zusammenhängen.

– Wir können der Dritten Welt nicht einfach die Schulden erlassen, polterte Hardenberg. Dann würde unser ganzes Finanzsystem zusammenbrechen.

Jule wischte mit einer energischen Bewegung die Krümel vom Tisch. Sie flogen bis in Hardenbergs Schoß.

– 0,01 Prozent von unserem Bruttosozialprodukt?! Verarsch dich selber, Mann! Weil ihr sie arm halten wollt – deshalb. Nur so könnt ihr sie kontrollieren!

Hardenberg schwieg. Ganz unrecht hatte Jule nicht. Mehr finanzielle Unabhängigkeit in der Dritten Welt würde auf jeden Fall wirtschaftliche Risiken für die erste Welt mit sich bringen. Aber wenn *er* seinen Job nicht machte, dann machte ihn eben ein anderer.

– Das ist genau dasselbe Prinzip, sagte Jan, aus dem *du Jule* ihre Schulden nicht erlassen hast.

Hardenberg schnaufte, aber dann stieg das schlechte Gewissen in ihm hoch. Sogar sein Anwalt hatte ihm zu Nachsicht geraten, aber er hatte wieder einmal ein Exempel statuieren müssen. Sei's drum.

– Das ist doch absurd!

– Nein, Mann, sagte Jan. Das ist die Grundregel des Systems: andere auszusaugen, wo immer es geht.

Hardenberg mußte sich zusammenreißen. Er durfte nicht vergessen, in was für einer Situation er sich befand.

– Natürlich, sagte er, gibt es viel zu verbessern … Umweltschutz zum Beispiel. Man kann die Erzeugerpreise der Dritten Welt erhöhen, unbedingt … Aber das große Ganze … Das wird sich nie ändern.

Im Bruchteil einer Sekunde war Jan ganz nah vor seinem Gesicht. Im ersten Moment dachte Hardenberg, er würde ihn ohrfeigen.

– Und warum nicht, Hardenberg?

Hardenberg wich zurück.

– Warum nicht …

– Ja, schnaubte Jan. Warum nicht?

Wie erklärt man jemandem, daß die Welt rund ist und nicht eckig?

– Weil, setzte Hardenberg an, es in der … Natur des Menschen liegt, besser sein zu wollen als andere, weil sich in jeder Gruppe nach kürzester Zeit ein Anführer herausbildet, und weil … die meisten Menschen nur dann glücklich sind, wenn … sie sich ständig etwas Neues kaufen können.

Jans Augen traten hervor. Er drückte seine Zigarette aus, als bekämpfe er einen Waldbrand.

– Glücklich? schnauzte er Hardenberg an. Glaubst du, die Menschen sind *glücklich*? Ey! Schau doch mal hin! Steig doch mal aus deiner scheiß Dienstkarre aus und guck sie dir an, Hardenberg! Geh mal durch die Straßen! Sieht da irgend jemand besonders glücklich aus – oder sehen die aus wie gehetzte Tiere? Guck *dich* an, Hardenberg: Bist *du* glücklich? Alle glauben, sie sind einen Zentimeter von ihrem Glück entfernt, aber es ist unerreichbar – weil *ihr* es ihnen gestohlen habt. Und das weißt du, Hardenberg, das weißt du!

Hardenberg hatte sich wieder im Griff. Wenn man sich darauf einließ, war es gar nicht verkehrt, sich mit Jan zu unterhalten. Seine Sichtweise war überzogen, aber er traf auch immer ein bißchen den Kern der Sache. Gut, es war nichts Neues: Der Kapitalismus funktionierte, weil er ständig neue, künstliche Bedürfnisse erzeugte. Wenn man wollte, konnte man das schon als vorenthaltenes Glück deuten, immer einen Zentimeter entfernt und doch unerreichbar. War schon was dran …

Und dann die Frage, ob er, Hardenberg, selbst glücklich war … Komisch, daß ihm das ausgerechnet jetzt einfiel: Vor einigen Monaten hatte er einem Wirtschaftsmagazin ein Interview gegeben, und die Praktikantin, die mit dabei gewesen war, hatte ihm tatsächlich im Verlauf des Gesprächs eben diese Frage gestellt: »Sind Sie glücklich?« Für einen Moment war Hardenberg ganz aus dem Konzept geraten. Schließlich hatte er geantwortet: »Es geht mir gut.«

Hardenberg suchte einen diplomatischen Ausweg.

– Ich … gebe ja zu, daß manches richtig ist von dem, was du sagst. Aber ich bin wirklich der falsche Sündenbock. Ich hab vielleicht nach den Spielregeln gespielt, aber ich hab sie nicht gemacht …

Peter war fertig mit Teesatzlesen. Scheinbar hatte er etwas gefunden. Er guckte Hardenberg geradeheraus an.

– Es kommt nicht darauf an, wer die Pistole erfunden hat … sondern wer den Abzug zieht.

Es gab nichts mehr zu sagen. Peter stand auf und ging auf die Veranda. Jan ebenfalls. Jule blieb sitzen, als sei sie Hardenberg das schuldig. Sie war noch nicht fertig – nicht mit dieser Welt, nicht mit ihrem Leben und mit Hardenberg auch nicht.

– Weißt du, sagte sie, und es klang, als würde sich ein Richter für sein Urteil entschuldigen. Es geht nicht so einfach … Du kannst dich nicht einfach freikaufen.

EIGENTLICH war abgemacht, daß Hardenberg nur aus der Hütte durfte, wenn er aufs Klo mußte. Trotzdem saß er beim Abendessen plötzlich mit auf der Veranda, ohne daß jemand etwas dagegen gesagt hätte, gefesselt zwar, aber im Freien. Saftige Wiesen, kreisende Vögel, Alpenglühen – das ganze Programm. Als würden sie sich ein paar erholsame Tage gönnen, bevor sie zurückkehrten in ihr altes Leben. Das es nicht mehr gab.

Der Mond hing tief über den Bergen, ein silberner Schild mit einer Dreitagesdelle, angeschlagen, auf dem Rückzug. Keiner hatte Lust, das Geschirr abzuräumen, also schoben sie es in der Mitte zusammen. Jan machte die dritte Flasche Wein auf, Peter baute eine Tüte.

Als sie das zweite Mal kreiste, fragte Hardenberg:

– Kann ich auch mal ziehen?

Der Joint war gerade wieder bei Peter angelangt. Der inhalierte tief und blies den Rauch aus.

– Ich dachte immer, Leute wie du hassen Kiffer, sagte er.

– Leute wie ich …

– Leute wie du …

Peter reichte ihm den Joint. Hardenberg war etwas aus der Übung, aber seine erste Tüte war das gewiß nicht. Bis er den Joint an Jan weitergab, war er um die Hälfte kürzer.

– Du meinst wohl, ich bin so auf die Welt gekommen? sagte er.

Jan fing an zu grinsen.

– Nee, sagte er. Wir glauben, du hattest 'ne ganz schwere Kindheit, und keiner hat dich richtig lieb gehabt.

Selbst Hardenberg mußte lachen. Dann wurde er ernst.

– Ich sag euch was: Ich find's nicht richtig, was ihr macht und wie ihr's macht. Aber eure Argumente ... die erinnern schon sehr an damals.

Alle außer Hardenberg warfen sich Blicke zu. Was sollte das denn werden?

– Komm schon, alter Mann, sagte Peter. Erzähl uns deine Geschichte.

Hardenberg ließ sich noch mal den Joint geben, als könne er sich sonst nicht erinnern. Aber dann fing er an zu erzählen: 68 – war 'ne wilde Zeit. Er, Hardenberg, mit Lockenkopf, in Lederjacke und Schlaghose, seine Mütze immer dabei – ein richtiger Revoluzzer, haha. Der pure Hohn.

– 'Ne Zeit lang war ich sogar im Vorstand vom SDS, sagte Hardenberg. Rudi Dutschke war ein guter Freund von mir.

– Bullshit!

Das war Jule.

– Doch, doch, ehrlich! Ist eben schon eine Weile her. Vor dreißig Jahren ... da hätten wir auch gerne mal einen Bonzen in der Mangel gehabt. Und jetzt ... sitze ich selber hier. Ironie des Schicksals nennt man das wohl. Ich will mich nicht bei euch einschleimen, sagte er zum Schluß, aber euer Idealismus ... Vor dem hab ich Respekt.

Es klang so, als dürften sie jetzt alle mächtig stolz auf ihren Idealismus sein. Aber es klang auch, als sei es ehrlich gemeint.

Und jetzt? Änderte das jetzt alles? Hardenbergs 180-Grad-Wende machte die Situation nicht leichter. Mußten sie ihn jetzt laufen lassen, nur weil er auch mal Ideale hatte – die ihnen in den nächsten Jahren unweigerlich genauso abhanden kommen würden, wie sie ihm abhanden gekommen waren? Abgesehen davon: Es konnte auch einfach Verarsche sein.

Jedenfalls: Wenn das, was da mit ihnen am Tisch saß, ihre Zukunft war, dann brauchten sie dringend etwas, das sie aufrichtete. Wenn schon keine Lösung, dann wenigstens eine Richtung, den Punkt am Horizont. Sie konnten nicht für immer auf der Alm sitzen und sich im Kreis drehen.

Hardenberg bat darum, ins Bett gehen zu dürfen. Jan stützte ihn, und Hardenberg machte seine Hops-Nummer. Diesmal machte sich Peter nicht darüber lustig. An der Türschwelle mußte Jan ihm ganz schön unter die Arme greifen. Dann hörte Jule nur noch seine Sprünge in der Hütte.

Apropos im Kreis drehen: Das Versteckspiel mit Peter und Jan mußte auch mal ein Ende haben. Jule konnte nicht die ganze Zeit beiden gegenüber unehrlich sein – Peter, weil sie nicht mit der Wahrheit rausrückte, und Jan, weil sie ihm nicht zeigte, was sie für ihn fühlte. Das brachte sie einfach nicht ... Sie ekelte sich richtig vor sich selbst. Wieso denn ausgerechnet Jan, verdammte Scheiße! Und warum ausgerechnet jetzt?

Peter drehte noch einen Joint. Sag es ihm, Jule, jetzt, alles: Es tut mir leid; ich muß mit dir reden; es ist was passiert – noch etwas anderes ... Aber die Feigheit schnürte ihr wie immer die Kehle zu. Sie taugte einfach nicht zur Heldin, nicht mal nach einem Joint und einer Flasche Wein.

Jan hörte es zwischen ihnen knistern, als er zurückkam. Er zögerte, bevor er sich hinsetzte.

Peters Worte vom Nachmittag lagen wie ein totes Tier auf dem Tisch: »In unser altes Leben können wir nicht zurück.« Und sein Joint konnte diesem Kadaver auch kein Leben einhauchen. Stumme Ratlosigkeit hoch drei.

Von ganz weit her legte sich ein Lächeln auf Jans Gesicht. Jule bemerkte es, und Peter bemerkte es auch, aber keiner von beiden konnte etwas damit anfangen.

– Wartet mal, sagte Jan. Ich zeig euch was.

Als könnten sie irgend etwas anderes tun als warten.

Jan verschwand in der Hütte und kam kurz darauf mit einem Stück Papier zurück, das er vor sie auf den Tisch legte, ein Foto: Drei Strommasten auf einer kleinen Insel, im Vordergrund Wasser. Jule rückte die Kerze heran, aber mehr wurde es nicht. Peter war zu bekifft, um Fragen zu stellen, und Jule zu müde.

– Ist 'ne Insel im Mittelmeer, sagte Jan. P 32. Die ist so klein, daß man ihr nicht mal einen Namen gegeben hat.

Peter drehte das Foto hin und her.

– Da stehen Sendemasten drauf, sagte er.

– Bravo, sagte Jan. Von P 32 aus werden die dreizehn wichtigsten Fernsehsatelliten Europas gesteuert.

Er ließ sich Zeit, damit sich die Information in ihren bekifften Hirnen ablagern konnte.

– Wenn man die lahmlegt, fuhr er fort, werden von Portugal bis Polen für mindestens vier Stunden alle Mattscheiben schwarz.

Jule nahm Peter das Foto aus der Hand: Grauer Stahl, welkes Gras, trübes Wasser … Jans Augen sprühten Funken, und ein paar davon sprangen auf Peter und Jule über.

– Ich verstehe, sagte Peter und grinste breit. Auf eine andere Stufe heben …

– Genau, sagte Jan.

– Die Dinge mal … in einem größeren Zusammenhang sehen …

In diesem Moment waren sie wieder die besten Freunde, Peter und Jan, unzertrennlich.

– Ihr glaubt nicht, wie einfach das ist, sagte Jan.

In dieser Nacht hätte Jule gerne geträumt, daß Jan, Peter und sie auf P 32 ihren eigenen Satelliten abschalten und sie zu dritt durch die Luft fliegen würden, schwerelos, alle Stricke gekappt. Aber sie träumte nur von toten Tieren, die überall in der Hütte herumlagen, das Aussehen von Füchsen hatten, aber schwarzes Fell – weshalb man sie im Dunkeln nicht sah und ständig auf ihren leblosen Kadavern herumtrat.

IN der Nacht zog es Hardenberg aus einem traumlosen Sumpf in einen Dämmerzustand hinauf, in dem er kreiste wie in einem Aquarium. Er konnte nicht wieder einschlafen, aber aufwachen auch nicht. Seine Gedanken bewegten sich hinter Nebelschwaden um ihn herum, urplötzlich ganz klar aus dem Dunst tretend, dann wieder nur schemenhaft erkennbar oder ganz verloren. Jule, Jan und Peter geisterten ebenfalls durch den Nebel, und wenn Hardenberg ihnen begegnete, dann hatten sie sein Gesicht, das von damals, mit den vielen Locken.

Vielleicht war er ja auch längst wach, nicht mal mehr im Halbschlaf und dachte nur zu träumen. Aber dann begegneten ihm Pferde mit menschlichen Gesichtern, und eins davon trug ihn auf den Schultern – doch eher ein Mensch als ein Tier –, und sprang mit ihm von einer Klippe in die Tiefe. Aber es kam kein Boden. Also doch ein Traum. Hardenberg träumte zu denken, nicht umgekehrt, so mußte es sein. Während er noch stürzte, hörte er Vögel zwitschern, und dann schrie jemand auf der Veranda, nämlich Peter, der den Tag mit einem Urschrei begrüßte, Hardenberg schlug die Augen auf, und Jan lag neben ihm und sagte:

– Morgen.

Zum Frühstück nahmen sie ihm die Handfesseln ab, und er konnte die Arme wieder unabhängig voneinander bewegen. Was für ein Freiheitsgefühl! Der Mensch war so einfach gestrickt: Man mußte ihm nur die Hände zusammenbinden, so daß er sich nicht mehr den Hintern abwischen und seine Hose hochziehen konnte, und wenn man ihm nach zwei Tagen die Freiheit zurückgab, die er sein ganzes Leben lang gehabt hatte, freute er sich wie ein Kind.

Hardenbergs Freude kam darin zum Ausdruck, daß er sechs Brote mit Marmelade aß und vier Tassen Kaffee dazu trank. Rita hätte ihn spätestens nach dem dritten Brot und der zweiten Tasse an seinen Blutdruck und seine Cholesterinwerte erinnert und ihm den Appetit verdorben. Und Gerling, mit seinem Magengeschwür, lupfte wahrscheinlich in Berlin gerade den Beutel aus seinem Kamillentee und legte ihn auf der Untertasse ab, ein Ritual, das Hardenberg nicht ausstehen konnte, das ihm so zuwider war, daß er keine andere Wahl hatte, als hinzusehen.

Ob die Firma noch existierte? Gerling hatte mit Sicherheit alle Hebel in Bewegung gesetzt, ihn ausfindig zu machen. Aber viele waren das nicht. Das Haus am Starnberger See kannte er nicht, und Hardenbergs Handys waren unerreichbar. Gerling konnte nicht einmal Kontakt zu Rita aufnehmen, solange die nicht von sich aus in der Firma anrief. Vermißte sie ihn? Fragte sie sich, warum er gestern nicht angerufen hatte? Dieser Morgen hatte so etwas Versöhnliches – vielleicht kam davon ja auch bei Rita etwas an. Hardenberg wußte nicht genau, wo sie hier waren, aber bis zum Starnberger See konnte es so weit nicht sein.

Er strich sich wohlig über den Bauch. Ob da noch ein siebtes reinpaßte? Käme auf einen Versuch an. Er schnitt sich ein Stück Butter ab.

– Hört mal, fing er an. Ich bin ja nun auch daran interessiert, daß die Sache hier möglichst ... problemlos verläuft ...

Die anderen horchten auf.

– Und, sagte Peter.

– Also: Es wäre wichtig, daß ich heute noch unsere Putzfrau anrufe, und zwar vor sechzehn Uhr, sonst kommt die nämlich ins Haus. Und wenn die das Chaos sieht …

– Das Problem ist, sagte Jan, hier oben gibt's keinen Empfang. Außerdem kann man dein Handy orten.

Peter leckte sich die Finger ab.

– Kein Problem, sagte er. Ich fahr mit ihm runter in den Ort. Da gibt's 'ne Telefonzelle …

Jule und Jan sahen nicht begeistert aus.

– Viel zu riskant, meinte Jan.

Peter winkte ab.

– Vergiß es. Mittags ist da total tote Hose. Nicht mal der SPAR hat auf – da ist kein Schwein auf der Straße.

– Und wenn er abhaut?

– Wenn er abhaut …

Peter griff sich hinten in den Hosenbund, zog eine Pistole unter seinem T-Shirt hervor und legte sie neben seinen Teller.

– … schieß ich ihm ins Bein.

Schweigen am Tisch. Peter biß in sein Marmeladenbrot. Hardenberg blieb seins im Hals stecken. Er sah, wie schockiert Jan und Jule waren. Offenbar hatten auch sie von der Pistole nichts gewußt.

– Kann ich mal mit dir reden? fragte Jan.

Peter machte ein Gesicht, als trage er schon sein ganzes Leben eine Pistole im Hosenbund.

– Klar.

Die beiden standen auf und gingen hinter die Hütte. Jule und Hardenberg saßen allein am Tisch, nebeneinander, Blick auf die Berge.

Hardenberg hatte angefangen, sie zu mögen. Sie beeindruckte ihn auf merkwürdige Weise. Er mochte ihren Willen und ihren Zorn und daß sie sich nicht abfinden konnte, mehr wollte, auf der Suche war. Haltung – das war es wohl: Er mochte, daß sie eine Haltung hatte.

In ein paar Jahren wäre Katharina auch so alt wie Jule jetzt. Und alles, woran die dachte, war: Spaß haben. Wasserski fahren, Klamotten kaufen, sich von aufgeblasenen Firmenerben vollquatschen lassen und dabei gelangweilt aussehen. Nichts gegen »Spaß haben« – natürlich sollte sie ihren Spaß haben. Aber es gab auch noch etwas anderes.

– Hör mal, Jule, sagte Hardenberg. Ich weiß gar nicht so richtig, wo ich anfangen soll …

Jule sah ihn an und sagte gar nichts.

– Wir können doch, fuhr er fort, die Sache mit dem Unfall … vergessen. Wir setzen ein Schriftstück auf und …

– Weißt du, was ich glaube? Auf Jules Stirn bildete sich eine Zornesfalte. Ich glaube, du denkst, daß ich hier das schwächste Glied in der Kette bin und daß du mich deshalb belabern kannst.

Hardenberg wollte etwas erwidern, doch Jule ließ ihn nicht zu Wort kommen.

– Aber da hast du was nicht verstanden, Mister Ich-war-mal-Dutschkes-Handtuchhalter: Hier geht's um mehr als diesen scheiß Unfall!

Sie stand auf und ging in die Hütte.

Wahrscheinlich mußte sie ihn mißverstehen. Was hätte er schon tun können, das ihn von dem Verdacht freigesprochen hätte, sich bei ihr einschleimen zu wollen – und wenn es noch so ehrlich gemeint war.

Dabei tat es Hardenberg wirklich leid – die Sache mit dem Auto. Er hatte es einfach seinem Anwalt übergeben und sich nicht weiter darum gekümmert. Hätte er geahnt, in welche Schwierigkeiten er sie damit bringen würde, vielleicht … Obwohl: Vielleicht auch nicht. Vielleicht hatte er es geahnt. Vielleicht hatte er es gewollt: Ihr eine Lektion erteilen. Jemand mußte schließlich die Verantwortung übernehmen. Und nun hatte er die Verantwortung für ein verpfuschtes Leben.

Als Jan und Peter von ihrer Besprechung zurückkamen, hatte Jan die Pistole im Hosenbund.

– Okay, sagte er. Wir machen es. Wir fahren alle zusammen in den Ort runter, und du und ich, wir gehen telefonieren.

Es war, wie Peter gesagt hatte: Kein Mensch auf der Straße. Wer auch? Neben dem SPAR und der Kirche war die Telefonzelle die einzige Attraktion im Dorf. Auf einem Hügel rechten ein paar Bauern in der Mittagssonne Heu zusammen, und das gedämpfte Blöken einer Kuh drang müde aus einer Scheune – mehr Anzeichen von Leben gab es nicht.

Peter hielt direkt neben der Telefonzelle. Jan umwickelte die Pistole mit einem Sweatshirt und schob die Seitentür auf.

– Wenn du Scheiße baust, dann schieß ich dir ins Bein.

Hardenberg stand auf.

– Das würdest du tun? fragte er.

– Kannst es ja rausfinden, sagte Jan trocken.

Hardenberg versuchte, die Wahrheit aus seinem Gesicht herauszulesen – dafür war er bei seinen Geschäftspartnern bekannt und gefürchtet –, aber bei Jan hatte er keine Chance. Ebensogut hätte er versuchen können, die Wahrheit aus einem Stein herauszulesen. Jule sah besorgt aus. Sie hoffte, daß Hardenberg nicht versuchen würde, abzuhauen oder um Hilfe zu rufen. Sie wollte nicht erleben, wie Jan ihm ins Bein schoß. Sie hatte Angst um ihn. Hardenberg mochte sie, wirklich.

Das Dorf lag in einer Senke, die gesamte Hitze in diesem Trichter sammelte sich auf dem Dorfplatz. Und in der Mitte des Dorfplatzes stand die Telefonzelle. Wäre sie mit Wasser gefüllt, würde sie den ganzen Tag über pfeifen wie ein Teekessel, dachte Hardenberg.

– Denk dran, sagte er zu Jan. Es kommt nicht darauf an, wer die Pistole erfunden hat, sondern wer den Abzug zieht.

Es war ganz einfach, viel einfacher, als Hardenberg gedacht hatte: Theresa erzählte er, er wolle ungestört arbeiten, und sie brauche diese Woche nicht zu kommen, und Rita sagte er etwas von einem Wasserrohrbruch, und daß er noch in der Nacht die Handwerker kommen lassen mußte, ja, aber jetzt sei wieder alles in Ordnung. Die Krisensitzung? Zäh, ja, zwei, drei Tage wird's noch dauern, aber dann ... Mach's gut, ich küß dich.

Hardenberg hängte ein. Ihnen stand beiden der Schweiß auf der Stirn.

– Was ist? fragte Jan.

– Ich überlege, ob ich im Büro anrufen sollte – die fragen sich, wo ich bin. Wir hatten gestern eine Krisensitzung, bei der hätte ich dabei sein müssen ...

– Und?

– Ich weiß nicht, was ich denen erzählen könnte ... außer daß ich entführt worden bin.

Jan wischte sich den Schweiß am Ärmel ab.

– Was passiert, wenn du nicht anrufst?

– Erst mal nichts, wahrscheinlich. Offiziell bin ich im Urlaub.

– Harte Erkenntnis, was? meinte Jan.

Hardenberg zuckte nur mit den Schultern.

Als sie die Tür öffneten, stießen sie mit zwei Wanderern zusammen, die vor der Zelle warteten. Die mußten aus dem Nichts gekommen sein. Hardenberg warf einen Blick Richtung Bus. Peter ließ den Motor an. Jan stand wie angewurzelt. Die umwickelte Pistole hielt er auf Hüfthöhe. Es sah aus, als habe er sich die Hand verletzt.

Hardenberg hatte ungefähr drei Sekunden Zeit, sich zu entscheiden, alles auffliegen zu lassen. Jan würde nicht schießen, nicht in Gegenwart der Touristen. Dazu war er zu schlau. Peter umklammerte das Lenkrad.

– Immer rein in die Sauna, sagte Hardenberg fröhlich.

Jan schluckte nur.

– Hennt Sie au koin Empfang hier obe? wollten die Wanderer wissen.

Hardenberg machte ein freundliches Gesicht und legte Jan einen Arm um die Schulter.

– Mein Sohn hier hat schon Entzugserscheinungen, sagte er und hielt die Tür auf.

Hardenberg stieg auf den Beifahrersitz, Jan nach hinten zu Jule. Er hatte es nicht getan, hatte sie nicht verraten. Warum nicht? Das sollte verstehen, wer wolle. Und was noch verrückter war: Es hatte Spaß gemacht. So zu tun, als sei Jan sein Sohn – er war stolz auf sich, seine schnellen Reflexe, trainiert in tausend Verhandlungen. Hardenberg hatte sie überlistet, alle: Rita, Theresa, die Wanderer. Es ergab keinen Sinn, aber es fühlte sich verdammt gut an.

Peter warf ihm einen fragenden Blick zu.

– Was ist? sagte Hardenberg. Wir können.

NACH der Telefonaktion im Dorf war Hardenberg derart gut drauf, daß er auf dem Weg zurück zur Hütte den Kopf aus dem Fenster hielt, in den Fahrtwind, und sang. Die Worte wehten in den Bus hinein: »With no loving in our souls / and no money in our coats // You can't say we're satisfied ...«

»Angie«, von den Stones. Jan kannte den Text. Irgendwann kam die Zeile: »All the dreams we held so close / seemed to all go up in smoke«. Für Hardenberg mußte es eine einzige Vergangenheitsbeschwörung sein. Manchmal konnte man direkt Mitleid mit ihm haben.

Sie verzichteten darauf, ihm wieder Fesseln anzulegen. Er war nicht abgehauen, als er die Gelegenheit dazu gehabt hatte, warum sollte er es jetzt versuchen?

Bis zum Abendessen schlugen sie die neu gewonnene Zeit tot. Peter warf Steinchen nach leeren Thunfischdosen, Hardenberg schlief, Jule saß auf der Veranda und sah unglücklich aus. Jan zog sich in die Küche zurück. Von dort konnte er Jule sehen und Peter, wie er versuchte, auf sechs, acht Meter die Dosen zu treffen. Jule hielt ihn nur noch auf Distanz, seinen Annäherungsversuchen wich sie aus oder blockte sie ab. Und Peter verstand es nicht, konnte es nicht verstehen, warf mit Steinen nach Dosen.

Jan bereitete das Abendessen vor: Selbstgemachte Tagliatelle. Damit konnte man sich stundenlang beschäftigen und der Versuchung widerstehen, zu Jule zu gehen. Es machte ihn fertig, sie so zu sehen, und noch fertiger, ihr nicht nahe sein zu können. Und Peter, sein bester und einzig wahrer, sein Überfreund, dessen Freundin er begehrte, fragte sich, was los war, und warf Steinchen.

Hardenberg schien aus seiner Entführung einen Kuraufenthalt machen zu wollen. Zum Abendessen mußte Jan ihn wecken.

– Das riecht ja köstlich, sagte er und schaufelte zwei Teller Pasta und eine Flasche Rotwein in sich rein.

– Großartig!

Er wurde gesprächig, fing an zu erzählen, ungefragt. Diese Entführung entwickelte sich langsam zu einer Art Gesprächstherapie für Hardenberg.

Er habe auch immer gerne gekocht, damals, als sie noch zu sechst in der WG lebten. Richtige Feste waren das! Rolf, Bernd und er, Lizzy, Rita – seine Frau – und Gabi. Oh Mann, was für ein Durcheinander! Erst war Rolf mit Gabi zusammen, dann Bernd mit Gabi, dann Lizzy mit ihm, Hardenberg, dann Bernd mit ... Lizzy. Dann: Lizzy eine Zeitlang mit seiner Frau.

– Freie Liebe – na ja, wem sag ich das ...

Der Satz hing über ihnen, wie der Schlußakkord einer Bruckner-Sinfonie, den man noch hört, obwohl er schon verklungen ist. Das Gluckern des Bachs schwoll in Jans Ohren zu einem Meeresrauschen, und die Kerzen auf dem Tisch strahlten ihm mit fünfhundert Watt direkt ins Gesicht: Gestehe!

Wie hatte Hardenberg das mit ihm und Jule nur mitbekommen? Was konnte er schon gesehen haben, außer einer flüchtigen Umarmung oder einem Kuß auf die Stirn? Fuck! Zum Glück war Peter schon genauso betrunken wie Hardenberg. Kurze Irritation, dann war alles beim alten. Ein Schatten noch, aber bald war auch der verschwunden.

Überhaupt schienen Peter und Hardenberg sich plötzlich prächtig zu verstehen. Sie ritten auf derselben Rotweinwelle. Als Hardenberg erzählte, wie sie nächtelang Karten gespielt hatten, damals, in ihrer WG, rief Peter:

– Hey, Jule! Meinste, hier oben gibt's auch Karten?

Sie waren reingegangen, Peter und »Hardy«, wie er ihn heute abend nannte, um eine Runde Mau-Mau zu spielen. Es roch nach Dope bis auf die Veranda. Jule und Jan hörten sie durchs offene Küchenfenster. Hardenberg hatte gerade einen Run.

– Aussetzen … Noch mal aussetzen, und – Hardenberg kriegte sich kaum ein vor Lachen – zwei ziehen!

– Ha-Ha, witzig, sagte Peter. Hier! Selber zwei ziehen!

– Moment mal, beschwerte sich Hardenberg, das ist 'ne Sechs. Zwei ziehen ist bei Sieben.

– Ist mir egal, hey – du ziehst jetzt zwei!

– Ist dir egal … Ach so, ja – du bestimmst ja die Regeln …

– Genau, Mann. Ich bestimme die Regeln …

Wüstes Gekicher.

– Wollen wir ein Stück gehen? fragte Jule.

Sie nahmen jeder zwei Kerzen und gingen die Alm runter zum Felsen. Aus der Entfernung hätte man sie für eine übersinnliche Erscheinung halten können, schwebend, vom Himmel herab.

Auf dem See lag ein fahler, von Lichtern umkränzter Mondschleier. Sie rückten aneinander. Jule zog die Beine an den Körper. Die Flammen der Kerzen wiegten sich in der Nachtluft, züngelnde Schatten auf ihrem Gesicht. Ohne Peter und Hardenberg im Hintergrund hörte man erst, wie ruhig es war.

– Die ganze Situation hier oben kommt mir irgendwie … total unwirklich vor.

Jan nickte zustimmend. Jule lachte kurz auf.

– Vielleicht sind wir ja nur Hardenbergs Traum.

– Und wenn er aufwacht, Jan machte eine große Geste, lösen wir uns in Luft auf.

– Wär gar nicht so schlecht, meinte Jule düster, aber weißt du … Eigentlich kommt mir mein ganzes Leben unwirklich vor.

Jan sah sie fragend an.

– Als ich klein war, sagte Jule, als Kind … Da wollten meine Freundinnen immer »Mutter, Vater, Kind« spielen – mit unseren Puppen. Das war dann für die immer … total real, die sind da voll drin aufgegangen!

Jule nahm eine Kerze und ließ sich Wachs über den Arm laufen, eine ganze Hand voll, ohne mit der Wimper zu zucken. Jan wußte, wie das war: Manchmal mußte man einfach so was machen – damit man wußte, daß man lebendig war, damit man etwas fühlte, irgendwas.

– Ich konnte es nie vergessen, sagte Jule, daß es einfach nur Puppen sind. Ich habe mich immer nur … als Beobachterin gefühlt.

Sie sah Jan an.

– Und heute ist es irgendwie immer noch so … mit dem Leben …

Jan nahm ihr die Kerze aus der Hand.

– Das ist die Matrix, sagte er und lächelte. Du siehst sie, also kannst du nicht in ihr leben.

Unten auf dem See glitt ein lautloses Schiff durch die Nacht – eine Sternschnuppe in Super-Slow-Motion.

– Ich auch nicht, sagte Jan.

Er spürte Jules Gesicht an seinem und schloß die Augen. Ihre Lippen berührten seine Stirn, seine Nase, seine Wangen. Ihre Hände an seinem Hals. Lippen. Warm, weich.

Herzschlag.

Stillstand.

Leben.

BEVOR sie ins Bett gegangen waren, hatte Hardenberg ihnen ein Angebot gemacht: Sie sollten ihn zurück bringen, dafür würde er alles, was passiert war, vergessen und auf eine Anzeige verzichten – scheiß auf den entstandenen Schaden. Sie hatten ihn davon überzeugt, daß er mehr Geld hatte, als gut für ihn war ... Und das mit dem Auto würde er auch aus der Welt schaffen. Noch konnten sie aus der Sache heraus, ohne daß es Konsequenzen haben mußte – solange der Einbruch noch nicht bemerkt und die Polizei noch nicht eingeschaltet worden war.

Jetzt, im Licht des neuen Tages, nachdem der Rauch sich verzogen hatte und die Weinpfützen getrocknet waren, stand Hardenbergs Angebot im Raum wie ein wackliges Kartenhaus. Das merkte auch er selbst, deshalb sagte er:

– Was ich gesagt habe, gestern ... Also: Das gilt heute immer noch.

Kein Kommentar. Natürlich hatten sie, jeder für sich, schon längst darüber nachgedacht, ob sie ihn nicht einfach zurück bringen könnten. Und durch sein Angebot hatte Hardenberg diese Gedanken legitimiert. Aber konnten sie ihm trauen?

Vom Gefühl her hätte Jule am liebsten sofort zugestimmt. Irgendwie glaubte sie Hardenberg, daß er sie nicht anzeigen würde. Aber erstens: sollte sie ihrer Intuition grundsätzlich lieber nicht trauen. Sie war zu gutgläubig, war es immer gewesen, würde es immer bleiben. Bei ihr war »der Wunsch der Vater des Gedanken«, wie ihr

Vater das gern genannt hatte. Zweitens: ging es hier schließlich um »mehr als diesen scheiß Unfall«.

Peter war schwer verkatert. Kein Urschrei heute, kein gedeckter Tisch. Ihre Vorräte waren aufgebraucht bis auf Kaffee und diese blöden Krümelkekse. Peter und Hardenberg hatten irgendwann letzte Nacht noch einen Freßflash bekommen und, als kein Brot mehr da war, die Marmelade ausgelöffelt. Einer mußte einkaufen. Peter wollte sich im Dorf lieber erst mal nicht mehr blicken lassen – er wurde langsam verdächtig. Ein anderer sollte fahren.

Jan stand auf.

– Ich komm mit, rief Jule sofort.

Mit Peter und Hardenberg allein auf der Hütte – das ging jetzt einfach nicht.

Peter guckte sie verstört an. Es mußte ihr quer übers Gesicht geschrieben stehen: Jule liebt Jan. Er kratzte sich am Kopf und verscheuchte den Gedanken.

– Dope ist auch keins mehr da, sagte er zu Jan. Frag mal im SPAR nach.

Viele Tage dieser Sorte würde es nicht mehr geben. Die Luft roch bereits nach Herbst, und die Wiesen schimmerten wie Bronze. Deshalb mochte Jule diese Tage so sehr: Sie waren gezählt.

Jan schob das »Slut«-Tape in den Rekorder. Vielleicht lag es an der Musik oder an den Bergen oder daran, daß die beiden Dinge, die Jule die Luft zum Atmen nahmen, in Gestalt von Peter und Hardenberg oben auf der Hütte saßen, außer Sicht. Jedenfalls fühlte sie sich merkwürdig befreit. Jan strahlte eine Zuversicht aus, die Peter ihr in den letzten Tagen nicht hatte geben können. Der überdeckte nur immer alles mit seinen lockeren Sprüchen.

Bevor der Kiesweg in die Straße mündete, kreuzte er den Bach, der oben an der Hütte vorbeifloß. Unterhalb der Brücke verzweigte er sich, bildete Becken und kleine Tümpel zwischen den Felsen. So etwas gab es sonst nur auf Etiketten von Mineralwasserflaschen.

Jule mußte gar nichts sagen. Jan bog wie selbstverständlich in den schmalen Pfad ein, der hinunter zur Bachbiegung führte. Sie streifte einen Schuh ab und hielt die Zehen ins Wasser. Eiskalt, das Wasser kam vom Gletscher. Aber die Sonne war warm in ihrem Nacken und prickelte auf den Armen.

– Los, sagte sie. Wir gehen rein.

Ihre Haut zog sich zusammen. Es war aufregend. Als sie sich bis zum Bauch einsinken ließ, verdoppelte sich ihr Herzschlag. Jan stand unschlüssig am Rand und bewachte Jules Hose und ihre Schuhe.

Abseits der Strömung, auf der anderen Seite, gab es eine warme Stelle.

– Hier drüben ist es ganz warm, sagte Jule.

– Glaub ich nicht, rief Jan.

Jule räkelte sich wohlig im Wasser hin und her.

– Ich schwöre, rief sie, und dann stand es ganz klar vor ihr: Wenn Jan jetzt ins Wasser kam, würden sie miteinander schlafen.

Jan ging in die Hocke und hielt eine Hand ins Wasser. Er zog einen Stein aus dem Bachbett und ließ ihn springen, fünf, sechs Mal, dann tauchte er unter. Er nahm noch einen Stein und ließ ihn fallen. Er stand auf, prüfte den Winkel der Sonne, blickte zum Bus zurück, als habe er etwas vergessen. Dann stellte er die Füße voreinander und streifte den vorderen Schuh an der Spitze des hinteren ab.

Wenn zwei denselben Gedanken haben, die ganze Zeit, dann muß ihn irgendwann einer aussprechen, einfach weil er es nicht mehr aushält. Und dann kann man ihn nie wieder zurücknehmen. Sie wußten beide genau, was sie taten. Weit und breit keine Entschuldigung, hinter der sie sich hätten verstecken können. Sie schliefen miteinander, und das war ihr Offenbarungseid. Sie hatten versucht, es nicht zu tun, und waren kläglich gescheitert. Wenigstens mußten sie so kein schlechtes Gewissen haben: Schuldig, in allen Punkten.

Da war dieser warme Stromstoß, dieser Endorphin-Kick, wenn sich zwei Seelen berühren. Da ist einer, der ist wie ich. Nicht mehr allein. Plötzlich entsteht ein neues Universum, und wir sind der Fixstern, wir bestimmen die Gesetze. Wir sind allein, wenn wir geboren werden, und allein sterben wir, aber wenn sich die Bahnen zweier Seelenverwandter kreuzen, bleibt die Zeit stehen, und die Ewigkeit tut sich auf. Und das war es genau, was Jule bei Peter nie empfunden hatte. Ihre Bahnen hatten sich nie wirklich gekreuzt. Und würden es auch nie tun.

Jans Haut war wie ein Magnetfeld oder so was. Sobald Jule ihn berührte, bekam sie eine Gänsehaut. Er fühlte sich ganz anders an als Peter, der ganze Körper. Peter war ein Flummi, nicht kaputtzukriegen, sein Körper war irgendwie ... nach außen gerichtet, wie eine Burg. Jans nach innen. Er war fragil in ihren Händen, sie mußte behutsam mit ihm sein. Eine falsche Bewegung konnte ihn zerbrechen.

Nie war Scheitern schöner. Und als sie ihn in sich spürte, seine Sehnsucht und seine Hingabe, da wußte sie, daß es richtig so war, daß es nicht anders sein konnte: Tag und Nacht, Sonne und Mond, Jan und Jule.

HARDENBERG lag auf dem Rücken und betrachtete die Deckenbalken – halbe Baumstämme, durchsetzt mit Holzwürmern, die ganze Flächen porös gefressen hatten wie Schwämme. Sein Schädel war wie auswattiert. Der Alkohol von letzter Nacht hatte die Beule am Hinterkopf wieder zum Leben erweckt. Auf dem Rücken liegend, die Arme seitlich ausgestreckt, war es noch am wenigsten unangenehm. Peter lag neben ihm, ebenfalls auf dem Rücken. Er war wieder eingenickt und schnarchte leise. Jan und Jule waren im Dorf, einkaufen.

Hardenberg schob sich ans Fußende der Matratze und richtete sich auf. Er zog seine Schuhe an, nahm seinen Pullover und ging auf die Veranda. In seiner Tasse war noch ein Schluck Kaffee, lauwarm inzwischen, bitter. Er stellte die Tasse in die Spüle, zog die Tür hinter sich zu und ging.

Er war frei. Er konnte gehen, wohin er wollte. Ein lange verlorenes Gefühl. »Nie war ich so frei wie während meiner Entführung« – hübscher Satz für, wer weiß, seine Memoiren? Was machte man mit so viel Freiheit? Wohin gehen? Nach Süden vielleicht, Italien – jetzt, wo der Sommer zu Ende ging. Oder Osten: Budapest, Bukarest, die Krim. Da wollte er immer schon hin. Oder weiter noch: Südamerika, Chile – Weinbauer werden. Belize – gar nichts werden. Bungalow auf dem Wasser, lebenslang.

– Scheiße, Mann! Ich dachte schon, du wärst abgehauen!

Peter war völlig außer Puste, wahrscheinlich hatte er die ganze Alm nach ihm abgesucht. Hardenberg stand neben einem kleinen Felsen, von dem aus man einen herrlichen Blick ins Tal hatte und weit darüber hinaus. Das löste seine Gedanken. Peter kam gerade recht.

– Weißt du, sagte Hardenberg, ich hab immer gedacht … mit dem Geld kommt die Freiheit.

Ein feiner Dunst sammelte sich über dem See.

– Das Gegenteil ist der Fall, fuhr er fort. Du wirst erdrückt von Verantwortung. Ein Unternehmen mit 30000 Angestellten, die Familie, alles hängt von mir ab. Nichts als ein Korsett von Verpflichtungen. Ich ackere 16 Stunden am Tag und werde trotzdem von der Belegschaft als Bonze angefeindet. Ich fühl mich manchmal wie im Knast …

– Hör auf zu jammern, hey, sagte Peter, immer noch außer Puste. Drei Millionen Jahresgehalt sind doch Schmerzensgeld genug, oder?

Hardenberg sah ihn an.

– Ich kann doch gar nichts anfangen mit dem Geld.

– Dann gib es doch denen, die es brauchen, sagte Peter. Mit deinem Jahresgehalt könntest du tausend Menschen vorm Verhungern retten. Klingt plakativ, ist aber so.

– Das könnte ich machen, sagte Hardenberg. Aber auch nur einmal.

– Dann mach's doch.

Hardenberg rieb sich den Hals.

– Um ehrlich zu sein … Ich hab auch schon darüber nachgedacht, den Krempel hinzuschmeißen – alles zu verkaufen … Aufs Land ziehen, einfach und bescheiden leben, mit meiner Frau zusammen … Als Lehrer arbeiten. So wie früher, als wir noch Studenten waren … Wir haben uns geliebt.

Das war Peters Stichwort.

– Sag mal … Wie hast 'n das gestern eigentlich gemeint: »Freie Liebe«, wir drei und so …

Hardenberg rückte sich die Brille zurecht und sah Peter an. Er war die meiste Zeit gefesselt, aber er war nicht blind.

– Weißt du gar nichts davon?

JAN hatte neues Mehl gekauft. Die alte Packung im Regal war voller Motten. Es war ihm erst aufgefallen, nachdem er gestern den Teig zusammengerührt und sich die Mehlreste auf der Arbeitsplatte plötzlich von selbst beseitigt hatten. Eigentlich hätte er alles wegschmeißen müssen, aber der Teig sah ziemlich tot aus, also machte er wie geplant Tagliatelle daraus, schließlich wurden sie ja später noch gekocht. Geschadet hatten sie offenbar keinem. Selbst Hardenberg hatte sie prima vertragen, obwohl er mehr gegessen hatte als Jan, Jule und Peter zusammen.

Jan nahm die alte Packung aus dem Regal und stellte die neue, die Jule ihm reichte, rein. Sie waren aufgekratzt, lachten. Die Tatsache, daß es außer ihnen noch jemanden gab, jemand ganz bestimmten, hatten sie in einer kleinen Kammer in der hintersten Ecke ihres Bewußtseins weggesperrt. Doch genau dieser jemand trat plötzlich die Tür zu dieser Kammer ein.

– Sagt mal ... Habt ihr beiden was laufen?

Peter mußte sie schon eine Weile beobachtet haben. Er stand hinter ihnen, in der Tür. Seine Stimme klang kehlig, als würde ein anderer durch ihn sprechen.

Jan fiel die alte Mehltüte aus der Hand und zerplatzte am Boden, und für die Zeit, die das Universum ihrer Freundschaft brauchte, um in eine Milliarde Atome zu zerfallen, war dies das einzige Geräusch. Peter sah aus wie nur jemand aussehen konnte, der gerade erfahren hat, daß seine Freundin mit seinem besten Freund ins Bett ging. Jan hielt seinen Arm ausgestreckt, als sei er am Regal festgewachsen. Jule schaute zu Boden.

Peter ging zwei Schritte auf sie zu, blieb dann aber abrupt stehen. Sein Körper wußte nicht, wohin mit sich. Er nahm seinen Kopf zwischen die Hände und drückte, so fest er konnte. Er will ihn zum Platzen bringen, dachte Jan.

– Hey … dreht ihr jetzt VÖLLIG DURCH, oder was?!

Sein Körper schaukelte vor und zurück wie eine Wippe.

– Wißt ihr was? Leckt mich AM ARSCH! Ihr habt euch die Scheiße eingebrockt, jetzt löffelt sie auch aus – ich verpiß mich!

Erst als er aus der Tür war, konnte Jule etwas sagen.

– Peter! Jetzt warte doch mal!

Sie sah Jan an: O Gott, was haben wir getan!? Dann rannte sie aus der Küche.

Das Mehl hatte sich über den Küchenboden verteilt. Zu Jans Füßen grub sich die erste Motte ans Tageslicht und schüttelte sich das Mehl von den Flügeln. Endlich ließ Jan das Regal los. Die Motte erhob sich, ein Miniaturphönix, und flatterte durch den Raum. Noch eine. Nicht lange, und ein halbes Dutzend von ihnen tanzte im Herbstlicht um ihn herum. Jule und Peter standen draußen auf der Veranda. Jan hörte ihre Stimmen. Er trat einen Schritt zurück. Seine Füße hinterließen einen Negativ-Abdruck, das Mehl machte sichtbar, was nicht mehr da war.

– Es ist eben passiert … Jules Stimme kam in Bröckchen. Ich hab mich verliebt …

Peter nichts erwidern zu hören war schlimmer als jeder Vorwurf.

– Mensch, Peter, flehte Jule. Wir taugen doch schon lange nicht mehr als Paar …

– Dann kann ich ja gehen, sagte Peter.

Und das tat er.

Hardenberg kam herein, als Jan das Mehl zusammenfegte. Der kümmerte sich neuerdings um sich selbst. Wenn sie irgendwann aufwachen würden und die Hütte von Polizisten umstellt wäre, würde Hardenberg wahrscheinlich die Verhandlungen für sie führen.

– Kann ich was helfen? fragte er.

Was für ein schleimiges Arschloch! Jan war kurz davor, ihm das Mehl samt Schaufel ins Gesicht zu schleudern. Statt dessen leerte er die Schaufel in den Mülleimer.

– Nee, laß mal, sagte er.

Jule war Peter nachgelaufen, hatte ihm aber nicht mehr sagen können, als daß es ihr leid tat. Sie saß auf der Wiese und schaute zu der Lichtung hinüber, die in den Wald führte.

Jan befühlte seine Hosentaschen. Den Busschlüssel hatte er – weit konnte Peter nicht sein. Er wollte sich zu Jule setzen, aber sie schüttelte den Kopf.

– Ich geh ihn suchen, sagte Jan.

Jule nickte.

Hardenberg war nirgends zu sehen. Bestimmt machte er sich gerade seine fünfzehnte Kanne Kaffee, bevor er am Trog sein Polohemd auswusch und anschließend Pilze suchen ging. Heute wollte *er* kochen. Irgendwann würden sie ihn mit Gewalt von der Alm wegzerren müssen.

Jan fand Peter beim Bus. Besser gesagt: Als Jan um den Bus ging und Peters Namen rief, zuckte ein Blitz durch sein Gehirn, und er lag am Boden.

– Verdammte Scheiße, hey! fluchte Peter und hielt sich die Hand.

Jan schmeckte etwas Metallisches – Blut. Bei dem Schlag hatte er die Zunge zwischen den Zähnen gehabt. Seine Lippe war taub.

Peter drückte sich den Schmerz aus den Fingern.

– Scheiße, rief er. Ich schaffe es nicht mal, dir richtig auf die Fresse zu hauen!

Jan setzte sich auf, lehnte sich gegen den Bus und betastete seine Wange.

– Es tut mir leid, nuschelte er.

Peter trat neben Jans Kopf eine Beule in die Tür. Er schrie den Bus an:

– So viel Mitleid wie heute – das krieg ich ja in meinem ganzen Leben nicht zusammen! Da kriegt man ja erst recht das Kotzen!

Und das stimmte wahrscheinlich sogar.

Das Pochen in Jans Gesicht ließ langsam nach. Er versuchte, einen Schluck Wasser zu trinken. Die Hälfte ging daneben.

Peter hatte noch zwei, drei Mal gegen den Bus getreten, war ein paar Minuten im Kreis gelaufen und hatte sich schließlich zu ihm neben den Bus gesetzt.

– Geht's? fragte Jan und deutete auf Peters Hand.

Peter spuckte zwischen seine Füße und drehte den Kopf weg.

– Schlüssel, sagte er und hielt die Hand auf.

Jan zog den Schlüssel aus der Hosentasche.

Bevor Peter einstieg, warf er ihm die Pistole zu.

Der Bus knirschte den Weg hinunter und verschwand hinter einer Biegung.

Jan schleuderte die Pistole in den Kies. Im nächsten Moment mußte er sich übergeben. Das war der Panzer, der jahrelang alle seine Gefühle drinnen und die der anderen draußen gehalten hatte – er explodierte in tausend Stücke. Seine Moral, seine Lügen, alles kotzte er aus sich heraus, und während er noch auf allen Vieren im Kies kauerte und würgte, liefen bereits Tränen aus seinem geborstenen Panzer. Das ging so lange, bis nichts mehr von ihm übrig war und er sich nur noch auf die Seite fallen lassen konnte, in den Staub, neben seine Kotze.

Er hätte es wissen können. Schließlich war das die erste Lektion, wenn man in der »Barmherzigen Schwester« aufwuchs: Früher oder später wirst du gefickt. Sonnenseite ist für die anderen. Wenn's zwischendurch mal aufklart, dann nur, damit du den Aufprall noch härter spürst. Du bist Dreck, und du landest im Dreck.

JULE und Jan saßen auf der Veranda in eine Decke gehüllt, Hardenberg hatte sich diskret zurückgezogen. Er fing an, sie zu bemuttern, hatte gekocht, gedeckt, gespült, abgetrocknet, ihnen eine Zigarette gedreht und war ins Bett gegangen, wie es sich für einen ordentlichen Entführten gehörte.

Jule zog die Decke etwas enger. Die Nacht war schwarz. Sie konnte nicht mal ihre Füße sehen. Es sollte noch Gewitter geben. Reden war überflüssig. Es gab nur Fragen, keine Antworten. Peter war weg, der Bus war weg, sie hatten noch Essen für drei Tage.

JAN hatte ein Geräusch gehört, und es war nicht der Regen oder der Donner, sondern die Haustür. Hardenberg lag neben ihm, schlief – der konnte es nicht sein. Vielleicht hatte der Wind sie aufgerissen.

Aus der Küche kamen Geräusche – ein Tier? Gab es hier oben Wildschweine oder Bergziegen, die bei einem Gewitter in unverschlossenen Hütten Zuflucht suchten? Die Bullen! Sie hatten sie gefunden! Jan tastete zwischen den Matratzen nach der Pistole und wartete.

Nicht mal der dämlichste Bulle stellte sich derart ungeschickt an, lief gegen Stühle und stieß Aschenbecher um. Jan setzte sich auf. Jule und Hardenberg schliefen.

Die Tür zum Matratzenlager wurde aufgestoßen. Eine schwarze Gestalt erschien im Türrahmen, torkelte ans Fußende des Lagers und ließ sich blindlings zwischen Jan und Jule fallen. Es war Peter. Er roch nach einer Mischung aus nassem Hund und Alkoholvergiftung.

DAS Gewitter war vorüber. Der Sommer auch. Die ganze Hütte roch nach Herbst. Jule wickelte sich in die Decke und setzte sich auf die Bank auf der Veranda. Die anderen schliefen noch. Bei Peter konnte man froh sein, wenn er überhaupt noch mal aufwachte.

Die Sterne begannen zu verblassen, einer nach dem anderen lösten sie sich in der Morgendämmerung auf. Keine Wolke mehr. Nur das Tal war noch mit dickem Nebel gefüllt, der bis auf die Alm heraufschwappte. Die Schatten auf den Berghängen fingen an zu wandern, Jule konnte ihnen dabei zusehen. Als die Sonne schließlich über die Gipfel stieg und bis ins Tal hinableuchtete, lösten sich große Stücke aus dem Nebel, stiegen hoch, über die Berge, wo der Wind sie zerpflückte, bis nichts mehr von ihnen übrig war.

Nach einer Stunde war das Schauspiel vorbei, die Luft klar, das Tal gereinigt. Der Sommer war trotzdem zu Ende. Jule stand auf und ging Jan und Peter wecken.

Sie gingen hinter die Hütte, dort konnte man ungestört reden, Jule voran, Jan und Peter hinterher. Sie bildeten ein Dreieck, gleichschenklig, jeder zu jedem im selben Abstand.

Jule wartete nicht, bis Jan oder Peter etwas sagten. Das Ende der Sackgasse war erreicht. Und es gab nur einen Weg heraus.

– Wir haben Scheiße gebaut, sagte sie.

Sie sah Jan an. Der sah zu Boden und lud eine Schubkarre voll schlechtem Gewissen zu Peters Füßen ab.

– Hardenberg zu entführen war moralisch unter aller Sau, sagte Jule. Und wir haben es nicht gemacht, um die Welt zu retten – sondern unseren eigenen Arsch. Und deshalb … bringen wir ihn zurück. Und zwar jetzt gleich.

Peter wollte etwas sagen, aber Jule hatte gedanklich einfach ein paar Stunden Vorsprung.

– Es spielt keine Rolle, ob wir ihm glauben oder nicht: Wir werden ihn nicht erschießen, und hierlassen können wir ihn auch nicht.

Sie standen jetzt enger zusammen, aber immer noch alle mit demselben Abstand zueinander. Anders herum gesagt: Sie waren sich alle gleich nah.

Jan nickte.

– Okay.

Peter zuckte mit den Schultern. Reden ging noch nicht. Außerdem war er sowieso überstimmt.

– Also los, sagte Jule.

PETER und Jan rollten ihre Schlafsäcke zusammen und stopften sie in die Taschen. Jule hatte schon gepackt und machte die Küche sauber. Bei ihr ging heute alles eine Nummer schneller als bei Jan und zwei Nummern schneller als bei Peter. Hardenberg kochte Kaffee und schmierte Brote – für unterwegs. Der Typ hatte Sorgen!

Peter tat so, als merke er nichts, aber nach einer Weile war klar, daß Jan nicht eher seine Sachen packen würde, bis Peter ihn wenigstens angesehen hätte. Gut – vielleicht war es jetzt vorbei, für immer. Ihre Freundschaft hatte eine lange Karriere hinter sich: Fußballkumpels, Hausbesetzer, Einbrecher, Entführer … Vielleicht gingen sie ab morgen getrennte Wege und sahen sich nie wieder. Vielleicht saßen sie nächste Woche im Knast, zehn Jahre ohne Bewährung, dieselbe Zelle. Vielleicht kamen sie nicht mal bis über die Grenze … Aber nicht so!

Peter ließ resigniert seinen Rucksack auf die Matratze fallen: Ist ja gut, Mann, ich hab's kapiert. Er machte einen Schritt auf Jan zu und holte zum Schlag aus. Jan wich zurück. So standen sie, reglos. Schließlich löste Peter seine Fäuste und machte eine Geste, wie sie nur Südländer können: Los Alter, komm schon her! Und dann hielten sie sich in den Armen, und Jan wußte, daß ihre Freundschaft ewig war, und das war ziemlich sicher die glücklichste Minute seines Lebens.

Jule hatte mehr Energiereserven als alle zusammen. Sie fuhr die ganze Strecke, allein, zehn Stunden. Peter schlief seinen Rausch aus, Hardenberg schlief einfach so,

Jan döste auf dem Beifahrersitz und nickte gelegentlich ein.

Wenn er nicht einnickte, fragte er Jule, ob er sie nicht mal ablösen solle. Das ging so lange, bis sie sagte:

– Jan, wenn ich abgelöst werden will, bist du der erste, der es erfährt. Zufrieden?

Aber sie wollte nicht abgelöst werden.

Sie brachten Hardenberg bis vor die Haustür – Entführung inklusive Shuttle-Service. Es wurde bereits dunkel. Die Villa sah so aus, als habe sie von den letzten fünf Tagen nichts mitbekommen.

– Ich glaub, das Kellerfenster steht offen, sagte Peter.

Das waren seine letzten Worte an Hardenberg.

– Tja ... Das war's dann wohl, sagte Hardenberg. Danke fürs Nachhausefahren.

Er lächelte müde.

– Und macht euch keine Sorgen wegen den Bullen.

Er zog einen gefalteten Din-A4-Zettel aus der Hosentasche, handgeschrieben. Er verzichtete auf jede weitere Zahlung von Jule, alle Ansprüche waren abgegolten.

– Ich will dir ja nicht dein Leben versauen, sagte er.

Jule steckte den Zettel ein.

– Danke.

Zum Abschied winkte er ihnen.

Auf der Potsdamer Chaussee fuhren sie an die Tankstelle. Es war vorbei. Wie ging es weiter?

Jan hatte in den letzten Tagen alle seine Ideale verraten: Er hatte mit der Freundin seines besten Freundes geschlafen, hatte ihn aus Feigheit belogen und hatte seine politischen Ansichten mißbraucht, um eine Entführung zu rechtfertigen.

Er ließ den Monitor in die Werkzeugtasche fallen, zog den Reißverschluß zu und schob die Tür auf.

– Was wird 'n das? fragte Peter.

Jan hängte sich die Tasche über die Schulter.

– Ich kann keine Ansprüche stellen, wenn ich selber das größte Arschloch bin.

Mit diesen Worten steuerte er einen Müllcontainer an.

– Wenn du das machst, rief Peter ihm hinterher, dann haben sie dich genau da, wo sie dich haben wollen!

Er holte Jan ein, als der den Deckel des Müllcontainers zurückschob. Jule kam gerade vom Klo zurück.

– Nur, weil ich kein Moralapostel bin, heißt das noch lange nicht, das ich nicht an unser Ding glaube, sagte Peter. Ich glaub dran!

Jule guckte von einem zum anderen.

– Was mich am meisten ankotzt, sagte Peter, ist nicht, daß ihr miteinander geschlafen habt, sondern daß du mich ständig für 'n Idioten hältst ... Wir drei, hey – das ist doch viel wichtiger als jede Spießermoral ...

Jan war noch nicht überzeugt.

– Auch wenn Revolutionen im einzelnen scheitern, schaltete sich Jule ein, die besten Ideen überleben.

Ihre Augen leuchteten, als sie Jans Theorie wiedergab. Es knackte. Sie hatte Recht. Die Idee war es wert, weiterzukämpfen. Jan konnte sich ein Lächeln nicht verkneifen. Wenn die eigenen Theorien irgendwann zurückkamen und einen aus der Scheiße holten – das hatte was.

Peter nahm Jan die Tasche ab und ging zum Bus zurück.

– Macht schon, rief er, ohne sich umzudrehen.

Jule steckte den Schlüssel ins Zündschloß.

– Wohin?

– Nach Hause? schlug Jan vor.

Peter schüttelte ungläubig den Kopf.

– Mann, ihr seid vielleicht zwei Romantiker! Ich frag mich, wie ich es mit euch aushalte. Ihr glaubt doch nicht allen Ernstes, daß Hardenberg uns nicht auffliegen läßt? Spätestens morgen stehen bei uns die Bullen vor der Tür ... Wir haben kein Zuhause mehr.

Jule ließ den Zündschlüssel los.

– Ich glaube, daß er es ehrlich gemeint hat, sagte sie.

Jan dachte genauso.

– Ich auch, sagte Peter. Aber morgen, da hat ihn sein altes Leben wieder, und dann ist »Heute« gaaanz weit weg. Einer wie der ändert sich nicht ...

Schweigen.

– Wißt ihr, sagte Peter, als Hardenberg diesen Spruch gebracht hat, von wegen »Freie Liebe« ... Da hat er genau gewußt, was er macht.

Peter gab jedem eine Zigarette.

– Als ihr am nächsten Tag unterwegs wart – da hab ich ihn gefragt, wie er das gemeint hat, und da hat unser lieber Hardenberg völlig überrascht getan, als müßte ich doch Bescheid wissen. Dabei war dem völlig klar, daß ich keine Ahnung hatte ...

Jule kurbelte das Fenster runter.

– Was willst 'n damit sagen?

– Ich will damit sagen, daß dieser Typ nichts ohne Berechnung macht. Gestern hat er uns vielleicht alle noch ganz lieb gehabt, okay, aber morgen früh ... sieht er das Sofa in seinem Pool und denkt sich: Hey – die haben mich entführt, verdammte Scheiße! Das kann ich mir nicht gefallen lassen. Die sind 'ne echte GEFAHR!

Peter schnippte seine Zigarette an Jule vorbei aus dem Fenster.

– Seht es doch mal so: Entweder der Typ krempelt morgen sein ganzes Leben um, oder er verpfeift uns. Denn wenn er es nicht tut ... muß er sich ab morgen für den Rest seines verschissenen Lebens jeden Tag aufs neue eingestehen, daß sein Leben eine Lüge ist – und das würde ihn fertigmachen!

Peter kam nach vorne, hockte sich zwischen die Sitze und schaute von Jan zu Jule.

– Scheiße, sagte Jule. Und was machen wir jetzt?

Peter legte jedem von ihnen einen Arm um die Schulter.

– Ich finde, sagte er und malte mit seiner Hand einen Streifen über den Horizont, wir müssen die Dinge mal ... in einem größeren Zusammenhang sehen. Er nickte nachdenklich. Wißt ihr: Das ganze mal ... auf eine andere Stufe heben.

JETZT warte doch mal, sagte Hardenberg. Das waren keine Terroristen. Das waren …

– Wo ist der Unterschied?

Ritas Erregung strahlte aus dem Telefon wie eine Heizlampe. Hardenbergs Ohr wurde ganz warm davon.

Wo war der Unterschied? Gute Frage.

– Die wollten das eigentlich gar nicht, sagte Hardenberg zögerlich.

– Was soll das heißen: »Die wollten das nicht«? Du meinst, die sind nach Tirol gefahren und haben da plötzlich gemerkt, daß du gefesselt im Kofferraum liegst?

– Es war kein Kofferraum, sagte Hardenberg. Die hatten einen Camping…

– Das ist doch vollkommen gleichgültig!

Hardenberg stand vor der Terrassentür und blickte in den Garten hinaus.

– Wir waren auch mal so …

– Justus! Er konnte sie atmen hören. Hast du jemals in deinem Leben einen Menschen entführt? Ihn gefesselt, geknebelt und mit dem Tode bedroht?

– Na ja, ganz so war 's nicht, sagte Hardenberg. Das sind keine Profis. Die sind einfach in Panik geraten und wußten sich nicht anders zu helfen.

– Wenn Du nichts unternimmst, insistierte Rita, dann entführen die in einer Woche den nächsten. Willst Du das verantworten?

– Ich weiß es nicht, gab Hardenberg zu.

DER Angriff erfolgte im Morgengrauen. Sie hatten die ganze Straße abgesperrt. Verschlafene Anwohner mit aufgeschreckten Gesichtern, die auf dem Weg zur Arbeit aus den Häusern kamen, wurden von Sicherheitskräften eilig hinter die Absperrungen geführt. Ein Sondereinsatzkommando in schwarzen Anzügen verschwand im Hausflur. Auf dem Dach gegenüber waren zwei Scharfschützen postiert.

Hardenberg verfolgte das Szenario aus dem Fond einer gepanzerten Limousine. Vorn saßen der Einsatzleiter und ein Sicherheitsbeamter. Der Einsatzleiter hatte ein Headset auf und gab Anweisungen.

– Stürmen, sagte er.

Er deckte mit der Hand das Mikro ab und drehte sich zu Hardenberg um.

– Es geht los.

Um den Hauseingang hatten sie eine Wagenburg errichtet. Männer mit Gewehren im Anschlag gingen in Position.

Hardenberg dachte an die drei Tage auf der Alm: an Jule und ihren verzweifelten Willen, an Jan, den Eiferer, und an Peter, mit dem er Mau-Mau gespielt und sich maßlos bekifft und betrunken hatte. Er dachte an die gemeinsamen Essen, an den Blick auf die Berge und den See, an die Situation in der Telefonzelle. Woran er komischerweise nicht dachte, war: der Knebel, die Fesseln, die Pinkelflasche, der Durst, die Angst.

Eine alte Frau mit einem Hund an der Leine kam aus dem Hauseingang. Bevor sie verstand, was vor sich ging, wurde sie aus dem Weg gezerrt, ihr Hund zappelte mit den Beinen wie ein Mistkäfer.

Wie hatte es nur so weit kommen können?

Hardenberg rückte seine Krawatte zurecht und sah auf die Uhr. 6 Uhr 52. In drei Stunden würde er mit Gerling die Strategie für die Übernahmeverhandlungen festklopfen.

– Okay. Der Einsatzleiter nickte ins Mikrofon. Räumen.

Er nahm das Headset ab.

– Das war's, sagte er zu Hardenberg.

Das war's? Was hieß das? Der Einsatzleiter verzog enttäuscht einen Mundwinkel.

– Ausgeflogen.

Ein Mann in Helm und Schutzanzug kam zum Wagen. Der Einsatzleiter ließ das Fenster herunter. Ein Zettel wurde hereingereicht.

– Das ist alles, sagte der Helm. War an die Wand genagelt.

Der Einsatzleiter faltete das Papier auseinander.

– Keine Sorge, sagte er und reichte den Zettel an Hardenberg weiter. Früher oder später kriegen wir sie.

Hardenberg las den Zettel.

MANCHE MENSCHEN ÄNDERN SICH NIE

WIE sich herausstellte, hatte Peter den größten Weitblick bewiesen. Als es darum ging, wie sie nach Spanien kommen sollten, sagte er:

– Alles andere als der Bus macht keinen Sinn.

– Und wo nehmen wir die Kohle her? fragte Jan.

Peter beugte sich vor und zog eine Rolle Geldscheine hinter der Armatur hervor. Zwölftausend Euro.

Hardenberg hatte vier Scheck- bzw. Kreditkarten in seinem Portemonnaie gehabt. Peter hatte einfach unbemerkt jeden Tag den Maximalbetrag abgehoben, vier mal tausend Euro. Die Geheimnummern hatte er in Hardenbergs Handy bei den entsprechenden Banken gefunden.

– Jemand, der so viel um die Ohren hat, merkt sich doch nicht noch vier verschiedene Geheimnummern!

Jule hätte am liebsten aufgeschrien. Ausgerechnet Peter ... das gab's doch nicht! Jan nahm ihm ungläubig die Rolle aus der Hand.

– Jetzt komm mir bloß nicht wieder mit deinem Moralscheiß, sagte Peter. Wenn du willst, können wir ihm die Kohle ja irgendwann zurückzahlen.

Er sah Jule an.

– In Raten. Jeden Monat fünfhundert Euro.

– Nee, sagte Jan. Ist schon okay.

– Wieso denn überhaupt Spanien? fragte Jule.

DASS Hardenberg sie tatsächlich verpfiffen hatte, erfuhren sie aus der Zeitung mit Verspätung. An der Costa del Luz bekommt man deutsche Zeitungen erst am nächsten Tag.

Eigentlich war der Sommer ja schon vorbei, aber hier dauert er noch an. Wer weiß: vielleicht geht er nie zu Ende. Vom Hotelzimmer aus kann man das Hafenbecken sehen. Hardenbergs Yacht sticht ziemlich heraus.

Jan hat alles, was es über die Yacht zu wissen gibt, im Internet recherchiert. Peter sagt, daß Ding sei einfacher zu knacken als ein Sparschwein. Das nötige Werkzeug haben sie dabei. Sie kommen eben überall rein.

Auf der Seekarte sieht alles ganz einfach aus: Sicherheitsvorkehrungen auf P 32 sind so gut wie nicht vorhanden. Neben der Anlegestelle gibt es ein kleines Häuschen, von dem aus die Sender gesteuert und überwacht werden. Dieses Haus ist rund um die Uhr von zwei Personen besetzt, einem Wachmann und einem Techniker. Allerdings hat es keine Fenster. Es ist ein Strahlenkäfig. Die Belastung durch die Sendemasten ist so hoch, daß der Wachhabende das Gebäude nur zweimal am Tag für eine halbe Stunde verlassen darf, um seinen Rundgang zu machen: Morgens um zehn, wenn das Patrouillenboot kommt, die Insel umkreist und das Personal austauscht, und nachmittags um vier. Dazwischen passiert gar nichts.

Auf der Rückseite der Insel gibt es eine Stelle, wo sie ungesehen ankern können. Wahrscheinlich müssen sie nicht mal schwimmen. Von dort ist der Schacht mit den Versorgungsleitungen für sämtliche Sendemasten in drei

Minuten erreichbar. Um ihn zu öffnen, genügt wahrscheinlich ein Stemmeisen.

Sie kappen einfach an zwei Stellen den Versorgungsstrang, nehmen das gekappte Stück mit und schmeißen es auf der Rückfahrt ins Meer. Die Sender danach wieder in Betrieb zu nehmen dauert mindestens einen halben Tag, wahrscheinlich länger. Bis der Schaden lokalisiert ist und der Wächter den Schacht erreicht hat, sind Jan, Jule und Peter längst außer Sicht.

Morgen geht's los. Wenn also eure Bildschirme schwarz werden, wundert euch nicht, wenn es diesmal etwas länger dauert. Ihr könnt ja schon mal überlegen, wie ihr die gewonnene Zeit sinnvoll nutzt.

Geht raus und umarmt ein Pferd! Küßt eure Nachbarn!

Auf jeden Fall aber: Bekämpft das System!

Denn wir sind das System, und wir können es stoppen.

Bildnachweis

y3 film 1, 4, 5, 8, 9, 14, 15
Amélie Losier 2, 3, 7, 16
Dirk Plamböck 6, 10, 11, 12, 13

Noch mehr Herz als Kopf: Junge Literatur bei AtV

TANJA DÜCKERS
Spielzone
Sie sind rastlos, verspielt, frech, leben nach ihrer Moral und fürchten nichts mehr als Langeweile: junge Leute in Berlin, Szenegänger zwischen Eventhunting, Hipness, Überdruß und insgeheim der Hoffnung auf etwas so Altmodisches wie Liebe. – »Ein Roman voller merkwürdiger Geschichten und durchgeknallter Gestalten.«
DER TAGESSPIEGEL
Roman. 207 Seiten. AtV 1694

ANNETT GRÖSCHNER
Moskauer Eis
Voller Erzählfreude hat Annett Gröschner ihre biographischen Erfahrungen als Mitglied einer Familie von manischen Gefrierforschern und Kühlanlagenkonstrukteuren zu Metaphern für das Leben in deutschen Landen vor und nach 1989 verdichtet.
»Ein wunderbares Debüt.« FOCUS
»Ein unbedingt lesenswertes, witziges Schelmenstück par excellence, leicht wie ein Softeis.« ZEITPUNKT
»Ein von Witz sprühender Roman« NEUE ZÜRCHER ZEITUNG
Roman. 288 Seiten. AtV 1828

SELIM ÖZDOGAN
Mehr
Er ist jung, entspannt und verliebt, aber leider pleite. Als ein Freund ihn als Dialogschreiber für Serien unterbringen will, lehnt er ab: keine Kompromisse. Irgendwann jedoch ertappt auch er sich dabei, Zugeständnisse zu machen. Was ist mit ihm passiert, daß er seine Ansprüche an sich selbst aufgegeben hat? – »Eine Studie über das Scheitern und die grenzenlose Lust (ehrlich und aufrichtig) zu leben.«
JUNGE WELT
Roman. 244 Seiten. AtV 1721

EDGAR RAI
Ramazzotti
Rai lebt ein karrierefreies Leben. Als Barpianist hält er sich über Wasser, ansonsten treibt er mit seinen Freunden durch die Berliner Nächte. Aber dann ist er einmal zur falschen Zeit am falschen Ort; zwar rettet er die junge schöne Mila vor ihrem Vergewaltiger, doch er selbst verfällt der Frau mit den zwei verschiedenen Augen …
Ein erfrischendes und spannendes Buch über die Liebe und das Leben.
Roman. Originalausgabe. 249 Seiten. AtV 1739

Mehr Informationen über die Autoren erhalten Sie unter www.aufbau-verlag.de oder bei Ihrem Buchhändler

AtV

Geister, Gerüche und Gerüchte. Internationale Literatur bei AtV

PETER CAMERON
Damals ist ein fernes Land
Alex Fox, ein Antiquar aus San Francisco, will einer tragisch geendeten Liebe entfliehen und beginnt in der magischen Schönheit Andorras ein neues Leben. Aber für ihn wie für die rätselhaften Menschen, die seine Freundschaft suchen, erweist sich das Damals als ein schicksalhaftes Land, dem man niemals entfliehen kann.
Roman. Aus dem Amerikanischen von Nikolaus Stingl. 254 Seiten. AtV 1501

NEIL BLACKMORE
Der Himmel über Damaskus
Drei Liebende sind der sinnlichsten aller orientalischen Städte verfallen, über der ein Schleier aus Gefahr und Verlangen liegt. In üppigen Bildern entfaltet sich eine fatale Dreiecksgeschichte und ein malerischer Abgesang auf die Kolonialzeit.
»Das koloniale Ambiente einer arabischen Stadt, ihre Düfte, Gerüche und Gerüchte, ist nicht nur detailreich und historisch genau, sondern auch sinnlich und stilistisch packend geschildert.«
DIE WELT
Roman. Aus dem Englischen von Matthias Müller. 270 Seiten. AtV 1833

AVRAHAM CHASSON
Abu Badjis genießt das Leben
In der Tradition orientalischer Märchenerzähler und großer amerikanischer Autoren gibt Avraham Chasson Kunde von einer untergegangenen Welt, in der Palästinenser und Juden miteinander leben konnten.
»Avraham Chasson, geboren 1953 in Jerusalem, Bauer, Gebrauchtwagenhändler und Pilot für die israelische Luftwaffe - ein Mann mit Lebenserfahrung. Die teilt er mit in lakonischen Schelmengeschichten aus dem Leben im Westjordanland.«
NEUE ZÜRCHER ZEITUNG
Erzählungen. Aus dem Hebräischen von Stefan Siebers. 224 Seiten. AtV 1863

SARAH WATERS
Selinas Geister
Margaret ist mit ihren 27 Jahren im viktorianischen England eine alte Jungfer. Als sie im Frauengefängnis karitative Arbeit verrichtet, lernt sie Selina kennen. Zwischen den Frauen entsteht eine intensive Beziehung. Doch Selina steht mit »Geistern« im Bunde. Sie liefert einen Beweis nach dem anderen für ihre spirituellen Kräfte. Die Geister sollen ihr bei der Flucht aus dem Gefängnis helfen. Aber sie braucht auch Margarets Hilfe. Sarah Waters' mehrfach preisgekrönter Roman erzählt die unheimliche Geschichte um Freundschaft und Verrat zweier gegensätzlicher Frauen.
Roman. Aus dem Englischen von Stefanie Retterbusch. 458 Seiten. AtV 1347

AtV

bücher
Das Magazin zum Lesen
KOSTENLOSES PROBE-EXEMPLAR JETZT ANFORDERN!
VVA Kommunikation GmbH,
Aboservice bücher,
Postfach 10 51 53, 40042 Düsseldorf
Fax: 02 11/73 57-891,
E-Mail: abo@vva.de. oder unter
www.buecher-magazin.de
Über 200 Buchtipps je Ausgabe: kritisch und unabhängig
Autoren privat: Interviews und Meinungen
Bestenlisten: Neuerscheinungen und Bestseller
Überall am Kiosk und im Buchhandel!
www.buecher-magazin.de